KB245055

아빠의 러브레터

국립중앙도서관 출판시도서목록(CIP)

아빠의 러브레터 : 눈부시게 찬란한 슬픔에게/
캐서린 베이트슨 지음; 서남희 옮김.
—서울 : 아침이슬, 2008
p. ; cm. —(아침이슬 청소년; 010)
원서명 : Painted Love Letters
원저자명 : Bateson, Catherine
ISBN 978-89-88996-81-2 44890 : ₩9000
ISBN 978-89-88996-58-4(세트)

843-KDC4   CIP2007004020

| 아침이슬 청소년 ＊010 |

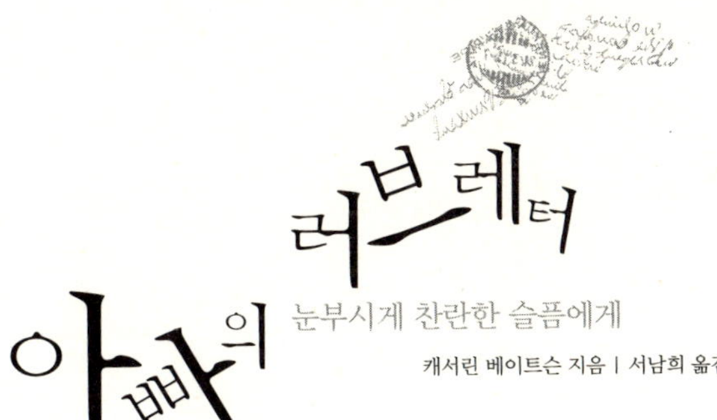

아빠의 러브레터

눈부시게 찬란한 슬픔에게

캐서린 베이트슨 지음 | 서남희 옮김

아침이슬

차례

아빠는 말했다. 누랄루에서 우리는 필리스틴 사람들*에게 둘러싸여 있다고. 요컨대 그들은 고흐의 그림이 갑자기 눈앞에 나타나더라도 진가를 알아볼 만한 사람들이 아니라는 것이다. 그러나 그들은 아빠가 스케치라고 부르는 수채화 소품 하나를 술집에 걸어 주었고, 대신 아빠는 공짜 맥주를 얻어 마셨다.

아빠는 또 내가 열여섯 살이 될 무렵엔 우리가 부자가 될 거라고 말했다. 그리고 예술과 연인들의 도시인 파리에서 내 생일 파티를 하게 될 거라고도.

---

*성경에 나오는 블레셋 사람들. 팔레스타인 서남부에 살며 이스라엘 민족을 괴롭혔다. 여기서는 '교양 없는 사람들'이란 의미로 쓰였다.

그러자 엄마가 아빠한테 행주를 휙 던지며 말했다.

"애한테 헛바람 불어넣지 마, 데이브 그레인저. 넌 아빠 말 귀담아듣지 마라, 크리시."

그러나 엄마는 나중에 아빠의 화집을 꺼내 파리에서 춤추고 있는 사람들이 그려진 그림을 보여 주었다. 또, 스테이션 호텔보다 훨씬 멋있어 보이는 파리의 술집 그림도.

그림들은 아주 괜찮았지만, 나는 파리에 갈 마음이 전혀 없었다. 우리는 누랄루에서 겨우 일 년 반을 살았다. 그동안 나는 줄곧 학기 중에 전학을 다녀야 했고, 매번 모든 사람들에게 모든 것을 처음부터 다시 읊어야 했다. 우리 아빠는 화가이고, 그래서 집에 있는 거고, 그래서 다른 아빠들처럼 시의회나 농장에 트럭을 몰고 다니지 않는 거라고.

태어난 후로 나는 대도시와 시골 소읍에서 한 번씩 살아 봤고, 일반 주택에서 일곱 번, 아파트에서 한 번, 그리고 이동 주택에서도 한 번 살아 봤다. 그리고 학교를 세 번 옮겼다.

나는 잠이 안 올 때면 침대에 누워 그동안 거쳐 온 곳을 손가락으로 꼽아 보곤 했다. 한 군데, 한 군데 기억을 떠올려 가며. 물론 처음에 살았던 두어 곳은 기억이 나지 않는다. 그때는 아직 아기 때였으니까.

내 머릿속에 진짜 처음으로 남아 있는 곳은 시드니에 있는

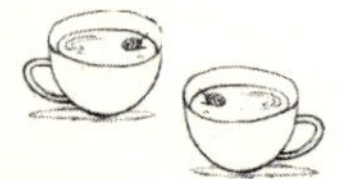

외할머니의 집이다. 그 집에서는 연한 색 소파에 내 발을 올려 놓는 것이 금지되어 있었다. 나는 고양이가 'WELCOME'이 라는 글자 밑에 동그랗게 몸을 말고 앉아 있는 현관 깔개에 지 저분한 발을 닦아야 했다. 아빠는 그 매트가 반갑지도 않으면 서 반가운 척을 하고 있다고 말했다.

그 다음에 기억나는 것은 어딘가의 이동 주택 주차장이다. 실은 뉴사우스웨일스에 있는 곳인데, 거기까지 가는 일은 기 억에 남아 있지 않다. 밤에 공동 화장실까지 가는 길이 은근 무서웠지만 나름 좋았다는 것과 주머니쥐를 본 게 생각날 뿐. 그리고 목욕탕이 없어서 탕에 몸을 못 담그고 샤워만 해야 했 던 것도.

아파트도 생각난다. 그러나 텔레비전 보던 것과 엄마 아빠 가 엄청 싸웠다는 것 말고는 생각 나는 게 없다. 엄마가 그러 는데, 그 아파트는 너무 작아서 아빠가 일을 할 수 없었고, 그 래서 무척 우울해했단다.

그 다음에는 단독 주택을 두세 번 거쳤다. 뉴사우스웨일스 코스트로 갔다가 퀸즐랜드로 갔던 것 같다. 거기선 별로 오래 살지 않아서 어디가 어딘지 헷갈린다. 그 다음엔 엄청 멀리 이 사해서 (아빠가 지도에서 보여 주었다.) 퀸즐랜드 남동쪽에 있 는 터움바의 테일러 거리에 살게 되었다. 그곳에서는 아빠가 거의 날마다 일하러 갔다.

테일러 거리는 기억에 또렷하게 남아 있다. 거기 살 때 초등 학교에 입학해서 딘 선생님이 맡은 2학년을 거의 끝까지 다녔 으니까. 앞뜰에는 장미꽃이 피어 있었다, 그것도 아주 많이.

아빠 친구가 내 사진을 찍어 주기도 했다. 그 아저씨는 대학 에서 사진을 가르쳤고, 아빠는 판화를 가르쳤다. 생일날 작은 보라색 바구니가 달린 새 자전거도 받았더랬다. 지금은 내가 너무 커 버려서 못 타지만, 엄마가 동생을 낳을지도 모르니까 계속 모셔 두고 있다. 엄마가 아기를 가진 적이 있었는데 뭐가 틀어졌는지 아기는 너무 일찍 세상에 나와 버렸다.

그 다음에 우리는 터움바 외곽으로 이사했고, 아빠는 여전히 일주일에 두어 번 운전을 했지만, 날마다 일하러 나가진 않았 다. 나는 그해에 학교를 끝까지 다니지 않았다. 그러면 시간 낭비였을 것이다. 아빠와 엄마는 또다시 말다툼을 했지만, 이 번엔 아빠가 화실이 없는 탓이 아니었다. 엄마는 자주 어두운 데 앉아 있었고, 내가 캑캑거릴 정도로 꼭 껴안기도 했다. 틀 림없이 너무 일찍 나와 버린 아기 탓이었을 것이다. 어쨌든 나 는 그러고 있는 게 별로 좋지 않았다. 엄마가 하는 대로 가만 히 있어야 한다는 건 알고 있었지만.

다음에는 다시 누랄루로 이사했고, 난 또다시 모든 것을 새

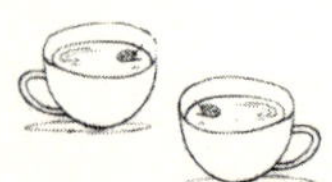

로 시작해야 했다. 그러나 이번에는 봉고라는 개가 있어서 여태 산 집 중에 제일 좋았다. 아빠에겐 헛간이나 다름없기는 해도 화실이 생겼고, 엄마에겐 꿈결처럼 멍하니 있을 수 있는 방이 생겼다. 내게는 베란다가 딸린 방이 생겼다. 그러니까 밤에 베란다에 나가서 별바라기를 할 수 있다는 뜻이었다. 언젠가 별들에 대해 좀 더 많이 알게 되면, 내가 거쳐 온 곳들을 꼽아 보는 대신 별들을 세어 보리라. 발음하긴 더 어렵지만, 그래도 별들의 이름이 더 멋지니까.

자, 누랄루에서는 또 뭐가 재미있었지? 엄마의 암탉이 날마다 낳는 달걀들, 토요일 이른 아침마다 스팅지 맥피 아저씨가 경주를 하러 터움바로 가다가 들렀던 일, 그리고 아빠의 아침 의식. 아빠는 아침에 일어나면 장이 뒤집어질 정도로 기침을 하고, 네스카페를 타고, 현관 계단에 앉아 첫 담배에 불을 붙이곤 했다. 아빠는 낙타가 그려진 카멜 담배를 피웠는데, 돈이 떨어지면 담뱃잎을 직접 말아서 피웠다.

나는 파리로 가고 싶지 않았다. 거기가 아무리 이 세상에서 가장 멋진 도시고, 사랑(엄마는 눈을 굴리며 '싸아랑'이라고 발음한다.)의 도시라고 해도. 나는 아무 데도 가고 싶지 않았다. 난 누랄루가 딱 좋았다. 그래서 엄마가 "그래, 데이브. 만약 그레그 선생님이 다른 의사의 진단을 받아 봐야 한다고 하면, 그

도시에 가야 해."라고 하는 말소리가 들리자, 심장이 툭 떨어져 내렸다. 나는 봉고가 토끼를 뒤쫓을 때보다 더 빨리 내 방을 뛰쳐나갔다.

아빠와 엄마는 부엌 식탁에서 마주 보고 앉아 있었다. 엄마는 빵을 만드는 중이라 얼굴이 밀가루투성이었다. 머리카락을 넘길 때 달라붙은 밀가루 탓인지 표정이 창백했다.

"괜찮을 거야."

아빠가 말했다.

"의사는 단지 두어 가지 검사를 더 해 보자는 거야. 그냥 잠복 기간이 긴 병원균일 수도 있지만 그래도 혹시 모르니까 엑스레이를 찍어 보자는 거지, 뭐. 의사는 내 폐가 깨끗한지 확인하고 싶어서 그래. 드라마 같은 일은 안 생겨, 레타. 짐을 챙겨서 도시에 갈 필요는 없어. 터움바에서도 다 해결되는 일이야. 제발 이 문제로 장모님처럼 굴지 마."

그 말을 하는 아빠의 목소리가 몹시 피곤하게 들렸다. 아빠를 흘깃 쳐다본 순간, 아빠가 원래 우리 아빠 같지가 않고 아프고 우울해 보이는 낯선 아저씨 같았다. 나는 충격을 받았다. 하나도 못 들은 걸로 치고 얼른 침대로 돌아가 책을 읽고 싶어질 정도였다. 봉고가 발치에서 잠자는 그곳으로. 하지만 이미 너무 늦어 버렸다. 나는 엄마 아빠를 쳐다보며 귀를 쫑긋 세우

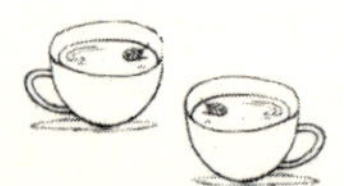

고 있었다. 부엌에서 꼼짝도 하지 않고.

우리는 브리즈번 시로 갔다. 박스 플랫 탄광에서 엄청난 폭발 사고가 일어나 입스위치에서 열일곱 명이 죽은 다음 날이었다. 갱에는 아직도 열네 명이 갇혀 있었다. 엄마는 그들이 이미 죽었을 거라고 말했지만, 그게 무슨 상관이람? 내겐 진짜 털끝만큼도 상관없었다. 당장 우리 아빠가 폐암이니까.

엑스레이 검사 결과 그게 확실해졌고, 그때부터 기침은 자꾸만 더 나왔다. 엄마는 집까지 운전하는 내내 흐르는 눈물을 닦아 냈다. 셋 다 아무 말 하지 않았다. 할 말이 뭐가 있겠어?

입스위치를 지날 때 엄마가 말했다.

"불쌍한 사람들. 남은 가족들은 또 얼마나 불쌍한지……."

엄마는 코를 크게 훌쩍였다. 우리는 말없이 차를 타고 달렸다.

아빠는 이따금 담배에 손을 뻗었다가 손을 도로 무릎에 놓곤 했다. 가끔 내가 살그머니 손을 뻗어 아빠 손 안에 넣으면 아빠는 내 손가락 마디를 어루만져 주었다. 우리 둘은 결국 너무 더워져서 손에 땀이 날 때까지 서로 손을 꼭 잡고 있곤 했다. 우리가 탄 작은 트럭은 덜거덕거리며 터움바로 달렸다. 아무것도 먹고 싶지 않았지만, 엄마는 외곽에 있는 트럭 정차장에 차를 대고 햄버거와 감자튀김을 주문했다. 우리 가족은 몇 년 동안 채식만 먹었는데도.

여느 때라면 반가웠을 것이다. 짭짤하고 뜨겁고 두툼한 감자튀김과 잿빛 고깃덩어리, 그 놀라운 불쾌감이. 마치 내가 브리즈번의 호텔 방에서 텔레비전을 신나게 볼 때 엄마가 끄라는 말은커녕 옆에 앉아 아무거나 함께 쳐다보고 있었을 때처럼. 심지어 엄마가 아주 싫어하는 '96번' 채널의 프로그램까지도 말이다. 그러나 그건 우리가 그걸 알기 전, 그 검사 결과가 나오기 전이었다. 앞으로는 모든 것이 똑같겠지. 뜨거운 감자튀김마저도 똑같겠지. 하는 수 없어 억지로 먹어야 하는 약처럼.

엄마와 나는 아빠 쪽으로 계속 눈길을 주었다. 아빠는 냅킨을 만지작거리기만 하고 별로 먹지 않았다. 아빠가 뭔가 말할 듯이 큼큼거리다가 결국 콜록콜록 기침을 해 버리면 엄마는 두려운 표정이 되곤 했다.

나는 화가 났다. 아빠는 그전에도 늘 콜록거렸다. 아빠가 죽어 가고 있다는 것 말고는 사실 변한 게 없었다. 엄마는 아니라고, 그렇다고 아빠가 죽는 건 아니라고, 해결책이 있을 거라고 말했지만, 그렇담 왜 아빠가 죽는 것처럼 행동해야만 하는 거지? 대체 왜 이사를 가야 한다는 거야? 어차피 하게 될 거라서?

우리는 브리즈번으로 아주 이사하기 위해 누랄루로 되돌아가는 중이었다. 그래야 아빠가 싸워 볼 수 있다고 말했기 때문

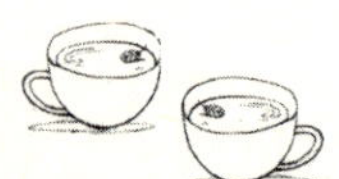

이다.

"시골 생활은 참 좋은 게 많아."

며칠 뒤 엄마가 트렁크에 옷을 넣으며 말했다.

"공기도 좋고, 채소도 직접 키워 먹고, 아아, 내가 바라는 건 그저, 그저……."

엄마는 말을 맺지 않았지만 엄마가 바라는 단 한 가지, 우리를 침묵시킨 그 한 가지가 무엇인지는 알 만했다. 그래서 나는 아무것도 묻지 않고, 상자에 계속 책만 넣었다.

사람들이 끝없이 찾아왔다. 우리가 정말로 아는 사람들이라고 내가 생각한 것보다 훨씬 더 많은 사람들이 들렀다. 그들은 빈 상자들과, 고기를 넉넉하게 넣은 냄비 요리와, 구운 양고기와 레몬 머랭 파이를 갖다 주었다. 또 부엌에서 차를 끓이며 나름대로 암에 대해 얻어들은 얘기들을 늘어놓았다. 그동안 엄마는 계속 짐을 쌌다.

"리지 기억나?"

그렇게 시작되는 말은 누군가의 가슴이나 신체 일부분이 제거되는 이야기로 이어지곤 했다. 대개는 그 사람이 나아졌다는 얘기로 끝났고, 경마에서 돈을 땄다거나 터움바 쇼에서 일등을 해 과일 케이크를 받았다는 이야기가 나오기도 했다. 그런 뒤 사람들은 엄마의 등을 토닥여 주고, 차를 한 잔 더 따르곤 했다.

그러나 학교에서는 달랐다. 물론 아이들도 이야기를 했다. 누구 삼촌의 몸을 절개해 봤더니, 그게 온몸에 퍼져 있더라. 그래서 병원에서는 다시 곱게 꿰매 집에서 임종하라고 돌려보냈다, 뭐 그런 이야기.

"온몸에 다 퍼졌어."

재코가 혀를 차며 말했다.

"완전 다 박혔다니까."

나는 탄환 구멍이 가득 난 고속도로 표지판을 떠올렸다. 전에 본 적이 있었다. 아빠의 폐도 그렇게 생겼을까? 작은 구멍들이 빼곡히 뚫려 있을까? 그렇담 아빠가 숨을 제대로 쉴 수 없는 건 당연해. 산소가 그 구멍으로 바로 빠져나가 버릴 테니까.

세 번째 학기를 다 마치기 전에 나는 누랄루를 떠났다. 교실에 걸린 내 그림들을 줄에서 빼고, 채 못 끝낸 우주 프로젝트도 따로 챙겼다. 단짝 친구인 린네트 그래햄은 날 껴안고 꼭 편지하겠다고 약속하며 울기까지 했다. 하도 떨어지지 않아 결국 걔네 엄마가 살며시 떼어 내 데려가야 했다.

엄마는 새 집은 멋질 테고 내 방도 아주 좋을 거라고 약속했다. 내 마음대로 방을 장식할 수 있을 거고, 뒤뜰도 무척 넓어서 무슨 게임이든 할 수 있을 정도라고 했다. 그러나 천만의

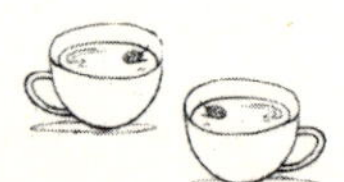

말씀, 만만의 콩떡. 그곳은 고래 등같이 넓은 집이 아니었다. 그리고 내 방엔 베란다가 딸려 있지 않았다. 즉 나는 창문은커녕, 고작해야 슬립아웃*으로 나가는 문밖에 없는 가운데 방을 쓰든가, 아니면 방이라고는 할 수 없는 슬립아웃에서 자야 했다. 그것도 화장실이 바로 옆이라 변기에 물 내리는 소리까지 들릴 정도였다.

"이 집이라도 구할 수 있는 게 어딘데?"

엄마의 목소리에 날이 섰다.

"가게, 학교, 병원…… 전부 다 가깝잖아. 그러니까 입 다물고 네가 자고 싶은 곳에 가서 짐 풀어."

"레타."

아빠가 들어오며 말했다.

"부탁이야, 제발."

뭘 부탁한다는 거지? 하지만 난 더 묻지 않았다. 중요한 건 이미 들었으니까. 우리는 병원 가까이 살게 된 것이다.

"크리시."

그날 밤 나를 외식을 시켜 주겠다고 켄터키 프라이드 치킨으로 차를 몰고 가던 아빠가 말했다. 전에는 한 번도 그런 데

---

*호주와 뉴질랜드에서 침실로 쓰일 수 있게 유리로 막아 놓거나 가운데를 막아 놓은 베란다.

서 외식해 본 적이 없었다. 엄마라면 그곳에 데려가지 않았을 것이다. 엄마는 그곳에서 쥐 고기를 쓴다는 소문은 믿지 않았지만, 무게를 늘리기 위해 날개조차 펼 수 없는 좁은 철망 안에 가둬서 키우는 닭은 혐오했다.

"저 밑에 강이 흐르는구나. 봉고를 데리고 산책 나갈 수 있겠어. 도시에도 나름 즐길 것은 있어."

저녁을 먹은 후 슬립아웃에 들어가 빙 둘러보았다. 그래, 침대도 머리맡에 책꽂이가 달린 내 침대다. 그래, 이불도 똑같다. 새들이 구름 사이를 날아다니는 연파랑 이불이며 거기 어울리는 베갯잇도 똑같다. 그래, 내 책들도 내 책꽂이에 꽂혀 있다. 그리고 장식품들과 사진과 머리빗도 화장대 위에 놓여 있다. 봉고는 벌써 침대 밑에 자리를 잡고 있었다. 그러나 봉고마저도 풀이 죽어 보였다. 내가 조심스럽게 옆으로 돌아 침대에 오르는데도, 봉고는 깜장과 하양이 섞인 꼬리를 겨우 한 번 흔드는 둥 마는 둥 심드렁했다. 나는 누워서 천장을 말끄러미 바라보았다. 새 집의 좋은 점을 하나도 생각해 낼 수 없었다. 단지 병원에서 가깝다는 것, 그뿐.

아빠가 엄마한테 그 소식을 처음 말했을 때였다. 호텔 방의 초라한 형광등 불빛을 받으며 침대 가에 걸터앉아 있던 엄마가 파란색 셔닐 침대보 위를 주먹으로 치며 욕설을 내뱉었다.

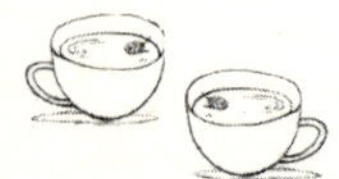

한 번도 아니고 세 번씩이나. 조폭이 텔레비전 화면에 대고 총
탄을 쏘듯이 딱딱하고 빠르게.

그때 엄마의 욕하는 모습을 보면서 나는 처음으로 깨달았
다. 사람이란 이렇게 제 바닥을 다 드러내면서 세상을, 온 우
주를 놀라게 하고 싶어 하는구나. 모든 것이 돌이킬 수 없이
엉망진창 뒤엉켜, 나아질 희망이 조금도 없을 것 같을 때는.

탄광에 갇힌 사람들도 더러운 주먹으로 바위를 치며 욕설을
내뱉었을까, 아니면 영화 속 주인공들이 나쁜 소식을 듣거나
재앙이 일어났을 때 그러듯 몸을 돌려 서로를 부드럽게 껴안
았을까? 어쩌면 낚시에 걸린 물고기처럼 입을 벌리고 서로를
언뜻 바라볼 겨를밖에 없었을지도 모른다. 그 순간 폭발이 일
어나 그들을 하늘나라로 데려갔겠지.

계속 천장을 쳐다보고 있었지만, 이 세상에서 좋은 거라곤
하나도 떠오르지 않았다. 그래서 내가 짜낼 수 있는 것 중에서
가장 나쁜 말을 했다.

"하느님은 웬 놈의 하느님? 진짜 싫다!"

그랬더니 엄마의 주먹과, 침대보에서 풀썩 피어오르던 먼지
가 생각났다. 나도 엄마처럼 화를 내며 말했다.

"지옥으로 꺼져!

방은 고요했다. 아무 일도 없었다. 번개가 화를 내며 구름

사이에서 번쩍번쩍하지도, 천둥이 콰르릉대며 외치지도 않았
다. 오직 벌렁 드러누워 잠이 든 봉고만이 누랄루의 토끼들 꿈
을 꾸며 낑낑거릴 뿐. 그래, 내가 뭘 기대하겠어? 나는 하느님
과는 별 볼일이 없잖아. 우린 성당도 안 나가니까 하느님이 내
목소리를 알아들을 리 없지. 나는 봉고를 안아서 옆에다 놓고
언제든 날 위로해 주는, 그 북슬북슬한 가슴을 껴안았다. 봉고
는 살아 있는 냄새를 풍겼다. 따스한 국처럼 위안을 주는 진하
고 좋은 냄새를.

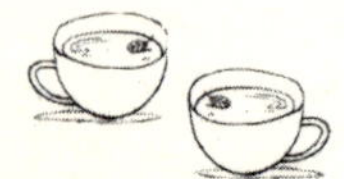

아빠의 머릿속은 장례식 비용으로 꽉 차 있는 것 같았다. 아빠는 날마다 그 얘기만 했다. 그리고 몇 번인가 그 주제로 글을 써서 신문사에 보냈는데 하나가 〈쿠리에-메일〉에 실렸다. 난 학교에서는 아무도 그 글을 못 보았기를 바랐다. 아빠는 그 기사를 오려서 부엌에 있는 알림판의 병원 예약 카드 옆에 붙여 놓았다.

아빠는 자기가 바라지 않는 것들을 공책에 받아 적게 했다. 아빠는 빨간색이나 하얀색 공단을 깔고 황동이나 은도금 손잡이를 단 마호가니 관을 원치 않았다. 특히 꽃을 원치 않았다.

"조문 오는 사람들에게 화환에 쓸 돈을 암 연구에 기부하라고 할 것."

나는 아빠의 말을 받아 적었다.

아빠는 또한 국적 불명의 장례식장에서 아빠의 시신을 다루는 것, 낯선 이들이 아빠의 장례식에서 뭐라 뭐라 말하는 것을 바라지 않았다. 그리고 매장되는 것도 원치 않았다.

"화장. 평범한 수의를 입혀 화장할 것."

아빠가 말했다.

"수의가 뭔데요? 어떻게 쓰는 거예요?"

나는 스펠링을 받아 적었다. 이제 아빠가 원하는 것과 원하지 않는 것들의 목록이 생겼다.

"네가 나를 병든 아빠로 기억하지 않았으면 좋겠음."

아빠가 말했다.

그건 받아 적지 않았다.

"나는 내 죽음을 애도 받고 싶지 않음. 내 삶을 축하받고 싶음."

아빠가 말했다.

나는 그것도 받아 적지 않았다.

"그런다고 우리가 슬퍼하지 않을 것 같아요? 그럴 순 없을 거예요, 아빠."

나는 간신히 그 말을 하고 방에서 뛰쳐나왔다. 아빠는 누군

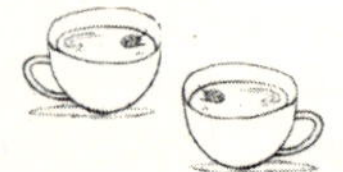

가가 우는 것을 원치 않으니까.

"말도 안 돼요."

나는 일을 마치고 돌아온 엄마에게 말했다.

"아빠가 뭘 원하고 뭘 원하지 않는지 말하는 건 좋다 이거에요. 아빠는 돌아가실 테니까. 하지만 우리는요? 우리가 원하는 것도 있잖아요?"

엄마가 나를 품속으로 끌어당겼다. 하얀 셔츠에서 부엌 냄새와 훈훈한 기름 냄새가 풍겼다. 엄마는 퀸 빅토리아 호텔에서 웨이트리스로 일하고 있었다. 나는 비스트로 걸(작은 바에서 일하는 여자)이야, 엄마는 친구들에게 얼굴을 찌푸리며 말했다.

"있잖아, 크리시. 아빠처럼 너무나 아플 때는 남을 생각할 겨를이 없단다. 엄마도 알아, 그게 좀 말이 안 된다는 거. 그런데, 원래 그런 거야. 내가 아빠한테 말해 볼까?"

나는 곰곰이 생각해 보았다. 화학 요법을 받을 때마다 아빠는 더욱 창백해진 얼굴로 집에 돌아왔다. 기운이 점점 스르르 빠지는 것 같았다.

"아니, 괜찮아요."

내가 말했다.

아빠는 친구들에게 목수를 수소문했다. 보우디라는 이름의 목수 아저씨가 집에 들러 아빠의 치수를 쟀다. 회색 머리를 가닥가닥 땋은 호리호리하고 기름한 사람이었는데, 아빠가 불법 진통제를 슬쩍 감추는 것을 보고도 아는 척하지 않았다. 그 불법 진통제란 게 사실은 아빠가 하루 종일 피우는 마약이었는데도.

"오, 좋아."

보우디 아저씨가 목수용 줄자로 아빠의 몸을 재며 말했다.

"그럼 나무는 어떤 게 좋겠나? 재활용 목재를 쓸까? 아니면 달리 마음에 둔 게 있나?"

"아무거나 괜찮아, 보우디. 가장 싼 걸로 구해 줘. 합판도 괜찮아."

"합판 갖고야 자네 몸이 지탱이 안 되지."

아저씨가 말했다.

"좀 뒤져 볼게. 그런데 자네 부인 것도 같이 재는 게 어떻겠나? 두 명이면 좀 싸게 해 줄 수 있거든."

"그거 괜찮은 생각인데?"

아빠는 보우디 아저씨를 위해 레몬그라스 차를 따르고는 물 파이프에 마리화나를 채웠다.

"그러면 내가 살아 있는 동안 레타의 관에도 그림을 그릴 수

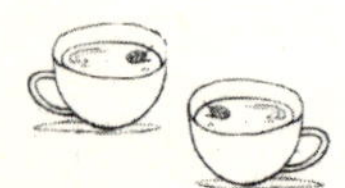

있겠군."

"그렇지."

보우디 아저씨가 고개를 크게 끄덕이자 가닥가닥 땋은 머리들이 실뱀처럼 튕겨 올랐다.

"그래야 필요할 때 대령이 되지."

"아빠."

참다못해 내가 끼어들었다.

"아빠, 꼭 그래야 해요?"

아무래도 너무 늦게 말한 것 같았다.

"꼬맹이 건 어떻게 하지?"

"필요 없어요."

내가 말했다.

"크리시 건 괜찮아. 앞으로 키가 얼마나 클지 모르잖아."

아빠가 말했다.

"장례식에서 제가 원하는 건 꽃이라고요."

내가 말했다.

"꽃이 예쁘긴 하지."

보우디 아저씨가 말했다. 실뱀들이 다시 흔들흔들 춤을 췄다.

"돈 낭비야. 관에 꽃을 그려 넣으면 될 걸 가지고."

아빠가 말했다.

"전 한 다발이면 된단 말이에요."

꽃 한 다발 없는 장례식을 장례식이라고 할 수 있을까? 꽃 한 다발 없는 결혼식을 결혼식이라 할 수 없는 것과 마찬가지 겠지? 어쩌면 나는 관 위에 살그머니 꽃을 내려놓는 내 모습을 그려 보고 있는지도 몰랐다. 그 꽃다발은 조금은 슬프고, 조금은 용감해 보였다. 그게 내가 요즘 느끼는 감정이었다. 상상 속에서는 꽃들과 내 손만이 보였다. 지금 저렇게 아저씨랑 관에 대해 의논하고 있는 아빠가 얼마 후에는 숨도 안 쉬고 관속에 누워 있을 거라니. 도무지 상상이 안 됐다.

"작은 다발 정도는 괜찮아."

아저씨가 말했다.

"앤 아직 어린애잖아, 데이브. 꽃다발 정도는 허락해 주지그래. 그런다고 세상이 바뀌는 것도 아닌데 뭐. 물 흐르는 대로 따라야지. 주인공이 자네긴 하지만 이건 자네 부인과 이 아이의 공연이라고. 자네는 마지막 파티에는 존재하지 않는단 말이야."

"알았어, 알았다고."

아빠가 말했다.

"공책을 가져오렴, 크리시."

나는 장례식 공책을 갖고 왔다. 그리고 '꽃은 필요 없음.'을

지우고 '크리시의 꽃은 괜찮음.'이라고 써 넣었다.

"좋은데."

보우디 아저씨가 공책을 찬찬히 보며 말했다.

"아주 멋진 생각이야. 이런 식으로 해야 하는 거야. 모두들 장례 계획을 세워야 하는 거라고. 내 아내 사리가 티베트를 낳을 때도 출산 계획을 세웠지. 물론 몽땅 어그러졌지만. 고통을 못 이겼거든. 자, 그럼 관은 언제 필요하지?"

"당장."

아빠가 얼굴을 찌푸리며 말했다.

"되도록 빨리해 줘."

"좋아, 그럼 마무리된 거네. 당장 관을 짜라고 하지."

보우디 아저씨는 별로 오래 걸리지 않았다. 이 주 만에 새로 짠 관 두 개를 갖고 왔으니까.

어느 날 아침 내가 학교에 가려는데 관이 도착했다. 아빠는 새 격자무늬 덧옷을 입고 관을 맞으러 나갔다. 일 년 전 이맘때라면 아빠는 엄마의 사롱(말레이 반도 사람들이 허리에 두르는 천)을 두르고 돌아다녔을 것이다. 한 손에는 김이 오르는 찻잔을, 한 손에는 타들어 가는 담배를 들고 어슬렁거리며.

보우디 아저씨와 조수가 관을 헛간에 넣었다. 그곳에는 어느 농장의 창고 정리 세일에서 싸게 산 내 탁구대가 놓여 있었다. 한 번도 안 쓴 그 탁구대는 내겐 아직도 속을 모르는 친구 같았다. 어쨌든 관들은 탁구대 위에 놓였다. 아빠가 관 표면을 손가락으로 살그머니 쓸어내렸다.

"참 좋군."

아빠가 말했다.

"손잡이가 특히 좋아."

연한 색 생짜 소나무로 짠 관에는 굵은 동아줄로 만든 손잡이가 달려 있었다. 아빠 엄마의 관이 들어오는 건 보고 싶지 않았는데……. 보우디 아저씨가 약속을 안 지키는 사람이기를, 그래서 관들이 영원히 도착하지 않기를 바랐는데……. 관과, 내 손과, 꽃다발을 떠올리면 뭔가 어두우면서도 윤기 나는 것, 말하자면 그랜드 피아노 같은 게 그려졌다. 그게 바로 내가 기대하던 것이었다.

"자, 데이브, 이제 이놈들 광고를 좀 해 볼까 생각 중이야. 관에 그림을 다 그리면 전화 때리라고. 그럼 내가 카메라를 대령하고 나타나지. 자네만 괜찮다면."

"괜찮아."

아빠가 말했다.

"사실, 그림이 잘되면, 전시회에 내 볼까 해, 만약…… 어,

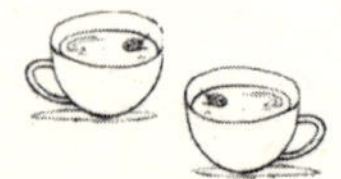

내가 만약······."

"야, 멋진 생각인데. 그렇게 해 봐, 데이브, 꼭 해 보라고."

아빠는 그날 아침부터 그림을 그리기 시작했다. 나는 아빠의 준비 작업을 돕느라 그만 학교에 늦고 말았다. 그러나 아무한테도 늦은 이유를 말하진 않았다. 나는 이 도시 학교에서 나름 살 길을 찾는 중이라, 우리 가족에 대한 이상한 이야기로 방해받고 싶지 않았다.

그래도 호기심은 컸다. 그래서 집에 오자마자 제일 먼저 관부터 구경했다. 아빠는 이미 관 옆면에 발자국처럼 생긴 추상 문양을 그려 놓았다. 모래나 흙에 찍힌 게 아니라 물에 살포시 찍힌 발자국이었다. 그림은 괜찮았다. 예술 작품이란 게 다 그렇듯, 딱 보면 데이비드 그레인저의 작품이라는 걸 알 수 있었다. 색깔은 아빠가 에칭에 쓰는 색깔과 똑같았고, 형태도 실물을 연상시켰다. 일부러 그렇게 그린 게 아니었는데도.

"그림 어떠니, 크리시? 마음에 드니?"

아빠가 그날 밤에 물었다.

"네, 네, 좋아요. 괜찮게 나올 것 같은데요?"

내가 말했다.

아빠는 뚜껑에도 그림을 그렸다. 막대기 같은 형태들이 커다란 초록 공간에서 붉은 공간으로, 또 검은 공간으로 이동하는 그림이었다. 시골에 가면 하늘이 너무도 광대해서 별들이 제 아무리 많아 봤자 그 어둠을 다 메울 수 없다는 게 생각났다. 아빠의 관을 보니 시골에서 하늘을 올려다보았을 때 나 자신이 얼마나 왜소하고 작게 느껴졌던지가 떠올랐다. 그림에 나오는 형상들도, 그게 만약 사람이라면 아빠가 쓴 색깔들을 보고 똑같이 느끼겠지. 그 색깔들은 너무도 광대하고 깊어서 그것들을 지나 걸어가는 듯한 자그마한 흙색 점들과 대시(-)들을 압도했다.

그날 밤 나는 울고 말았다. 아빠의 그림 때문이었다. 우리도 남들처럼 성당에 다녔다면 얼마나 좋았을까. 나는 어딘가에 있는 신에게 기도하고 싶었지만 방법을 몰랐고, 엄마나 아빠에게 그럴 때는 어떻게 해야 하느냐고 물어볼 마음도 들지 않았다.

대신 나는 학교 친구인 디 브라우닝에게 물어보았다. 아니, 디는 친구라고는 할 수 없었다. 딱히 좋은지도 잘 모르면서 함께 노는, 그런 여자 애였을 뿐이다. 디는 나보다 키도 크고 나이도 많았다. 유급을 당했기 때문이다. 한 번도 아니고 두 번씩이나. 가죽 느낌의 미니스커트에 하이힐이나 다름없는 샌들을 신은 그 애의 겉모습은 재빠르고 민첩해 보였지만, 선생님들은 디가 느려 터졌다고 했다.

나는 디가 성당에 다닌다는 것을 알고 있었다. 디가 강보에

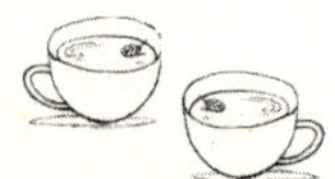

싸인 아기 예수를 안은 성모 마리아가 조각된 은빛 메달을 걸고 다녔기 때문이다.

"디, 니네 성당에 아무나 가도 되니?"

간식 시간에 디에게 물었다. 우리는 타원형 탁자 가장자리에 서서 남자 애들이 축구공 던지는 걸 바라보고 있었다.

"있잖아, 어떤 방황하는 영혼이 불쑥 성당 앞에 나타난다면, 그래도 들여보내 줄까?"

디가 나를 내려다보았다. 그 애는 늘 그런 식이었다. 그 때문에 내가 보잘 것 없는 애라는 기분이 들곤 했다. 디가 눈을 깜짝였다. 속눈썹이 파랗게 파닥거렸다.

"그러엄, 크리시. 성당은 예수님의 모든 자녀들에게 열려 있어."

"그렇구나. 그럼 나한테는?"

"너? 글쎄, 너라면 잘 모르겠다. 너 영세 받았니?"

나는 고개를 저었다. 사실은 잘 몰랐지만, 받았을 것 같진 않았다.

"그럼, 우리 엄마한테 물어봐야겠다. 아마 성당에서 널 내쫓진 않을 거야."

아빠는 이제 엄마의 관에 그림을 그리기 시작했다. 아빠의 관에 그려진 것과 같으면서도 아주 다른 그림이었다. 아빠는 그것을 '모티프'라고 했다. 그러나 발자국들은 걷는 모양이 아니었다. 그것들은 노란색이 감도는 분홍색 속으로 마치 춤을 추듯이 팔랑팔랑 뛰고 있었다. 그 색깔을 보니 전에 살았던 집의 장미가 떠올랐다. 아빠한테 그 말을 하자 아빠는 흐뭇한 듯 고개를 끄덕였다.

"맞아, 테일러 거리야."

아빠가 말했다.

"엄마는 그 집 뜰을 참 좋아했지."

디는 혹시 성당에 가고 싶다면 그 주 일요일에 같이 가자고 했다. 하지만 그러려면 일찍 일어나야 한다고 했다. 그리고 미사가 끝나면 자기네 집에서 점심을 먹자고 했다. 엄마가 양고기 요리를 할 예정이며, 언니들이 아기들을 데리고 올 거라는 거였다. 다른 때라면 그런 게 좀 불편했겠지만, 주는 게 있으면 받는 게 있는 법이라 나는 엄마에게 물어보았다. 성당 가는 얘기만 쏙 빼놓고. 엄마는 선뜻 허락해 주었다. 나는 기분이 씁쓸했다. 엄마는 내가 친구를 사귀나 보다 싶어 좋아했지만, 사실 디는 친구가 아니었기 때문이다.

아빠는 엄마의 관 윗면을 금색 물감으로 칠했다. 아빠의 관 위를 장식했던 작은 점들과 대시들은 이번엔 소용돌이 모양의 글자들로 바뀌었다. 무슨 뜻인지 알아볼 수 없는 글자들이었

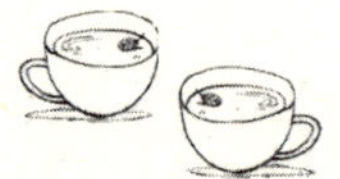

지만, 슬쩍 휘어지고 둥글둥글한 모양이었다. 마땅히 알아볼 수 있어야 한다는 듯. 글자가 너무 예뻐서 가슴이 마구 아려 왔다. ……실은 그것을 들여다보고 싶지 않았다. 그러나 현관에서 나누는 대화를 들어서는 안 된다는 걸 알면서도 발이 저절로 그쪽으로 움직여 엿듣게 되듯이, 마음이 가는 것을 멈출 수가 없었다. 그것은 아빠가 엄마에게 쓴 사랑이 깃든 편지, 오로지 엄마만이 제대로 읽어 낼 수 있는 사랑의 러브레터였다.

엄마는 부엌에서 행주로 입을 가리고 흐느끼고 있었다. 그러나 나는 그런 모습을 보았다고 말하지 않았다. 엄마가 일하다가 손을 데어서 우는 거라고 둘러댔기 때문이다. 사실, 엄마의 손에는 덴 자국도 있었다. 손목에 크게 부푼 자국이. 나는 약상자를 찾아와 그 자리에 화상 연고를 발라 주었다. 그러나 엄마도 나도 헛간에 있는 관에 대해서는 한마디도 하지 않았다.

나는 디랑, 걔네 엄마랑 걔네 남동생이랑 성당에 갔다. 그들이 일어나면 따라 일어났고, 그들이 무릎 꿇고 앉으면 나도 앉았다. 나는 디의 성경과 찬송가를 함께 봤고, 걔네 식구 모두가 영성체를 하러 제단 앞으로 나가는 것을 구경했다. 우리가 처음 브리즈번에 왔던 날, 바로 그날 밤 내가 했던 말 때문에 하느님에게 미안한 마음이 들긴 했다. 그래도 나는 기도를 했다. 아빠만을 위해서가 아니라 박스 플랫 탄광에 갇힌 남자 열네 명과, 혹시나 있을지도 모르는 그들의 아이들을 위해. 그런다고 기분이 나아지진 않았다. 기도도 연습이 필요한가 보다.

나는 점심을 먹으면서 디네 엄마가 던지는 질문에 빠짐없이 대답을 해 냈다. 물론 아빠의 암에 대해서는 한마디도 꺼내지 않고. 나는 아빠의 전시회에 대해 말했고, 아빠의 작업 때문에 시골에서 도시로 이사 온 것 같은 분위기를 흘렸다. 나는 모든 것이 환하고 멋지게 들리게 했다. 식당 벽의 거울에 비친 내 모습을 보니 매끄럽고 발그레했다. 전혀 다른 애 같았다.

나중에 디가 나를 집까지 데려다 주었다. 그 애는 내 방을 보고 싶어 했지만, 방을 보여 주면 재미없어할 게 분명했다. 내 방에는 인기 그룹의 포스터 같은 건 붙어 있지 않았다. TV 스타들의 서명이 담긴 사진도 없었다. 그렇다고 옷장에 그 애의 미니스커트와 짧은 윗도리 같은 옷이 있는 것도 아니었다. 그래서 디를 뒷마당으로 데려갔다. 그나마 거기엔 기어 올라갈 수 있는 망고나무가 있었으니까. 하지만 디는 다리가 긁힐까 봐 싫다고 했다. 그래서 나는 별수 없이 딱 하나 남은 놀이를 생각해 냈다.

"그럼 탁구 칠래?"

"어머나, 재미있겠다. 휴가 가서 친 게 마지막이야. 나 진짜 잘 쳐!"

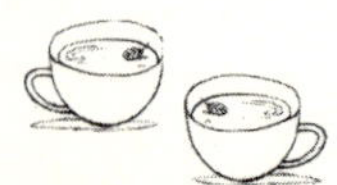

디가 대답했다.

나는 헛간 문을 열었다. 그런데 그때서야 생각이 날 게 뭐람! 탁구대 위에는 완성된 엄마 아빠의 관이 나란히 놓여 있었던 것이다.

디는 헛간으로 한 걸음 들어서다 말고 그대로 굳어 버렸다. 눈이 휘둥그레졌다.

"어, 탁구 치지 말자."

내가 다급하게 말했다.

"다른 거 하는 게 낫겠어."

벌써 늦었다.

디는 앵무새처럼 비명을 질러 대고는 나를 확 쳐다봤다.

"너네, 아담스 패밀리니?! 어휴, 끔찍해! 흡혈귀야? 이 안에 누가 있는 거야, 크리시? 대체 누구냐고? 자세히 좀 보자."

"안 돼."

나는 디를 헛간 밖으로 몰아내며 말했다.

"안 돼. 우리 아빠는 남들이 이거 보는 거 싫어해. 내가 말했잖아. 우리 아빠는 예술가라고. 이건 새로운 작품일 뿐이야."

"와, 진짜 무시무시하다. 너 밤에 흡혈귀 꿈꾸지? 흡혈귀가 잡아먹으러 오는 꿈 말이야. 나 같으면 잠도 못 잘 거야. 흡혈귀랑 헛간의 관 생각을 하면. 기막혀, 정말 소름이 쪽 끼친다,

애. 좀 자세히 봐도 돼?"

"안 돼."

나는 그 애를 간신히 끌어내고는 헛간 문을 닫아 버렸다.

"디, 이제 집에 가는 게 좋겠어. 어쨌든 우리 집엔 놀 게 없으니까."

"그래, 갈게. 나도 이렇게 무시무시한 흡혈귀가 있는 곳에는 있고 싶지 않아. 네가 내 목을 물지 어떻게 아니?"

그러더니 잘 보라는 듯이 기다란 갈색 목을 갸우뚱 기울였다.

"그래, 조심하는 게 좋을걸!"

나는 이를 드러내며 디에게 확 다가갔다.

다음 날 디는 반 전체에 그 이야기를 떠들어 댔다. 그럴 줄 알았다. 나라도 그랬을 테니까. 내가 할 수 있는 건 비록 내가 시골에서 전학 왔고 아빠가 예술가긴 하지만 고개를 빳빳하게 들고, 자기 집 헛간에 관을 모시고 있는 여자 애같이 보이지 않게 구는 것뿐이었다. 나는 아빠가 포커 판에서 허세를 부릴 때 쓰라고 가르쳐 줬던 또렷하고 자신만만한 목소리로, 디가 탁구 칠 때 나한테 져서 그러는 거라고, 진 애들은 원래 그러는 거 아니냐고 말했다. 디가 진짜 참혹하게 깨졌다고, 그래서 앙심을 품은 거라고. 그런 다음 엄청 뻥치는 얼굴로 아이들을

처다봤다.

"대체 누가 헛간에 관을 두겠니?"

나는 고개를 설레설레 흔들며 말했다.

"세상에, 디, 너 약 먹었니?"

나는 애들이 보는 앞에서 단호한 목소리로 디에게 말했다. 거짓말은 죄악이며, 너는 지옥에 떨어져 영원히 불에 타게 될 거라고. 난 또 말했다. 무시무시한 걸 보고 싶은 사람은 디네 집 부엌에 있는 그림을 보면 된다고. 거기엔 처참하게 난도질 당한 예수가 피를 뚝뚝 흘리고 있다고.

우리는 아이들이 신나게 지켜보는 가운데, 서로 할퀴고 발로 차고 머리카락을 쥐어뜯으며 싸웠다. 마침내 챕맨 선생님이 와서 우리를 떼어 놓을 때까지. 내 얼굴은 야생 고양이한테 바싹 다가갔다 당한 얼굴 같았지만, 디의 상태는 더 심각했다. 윗입술이 부어오르고 있었으니까. 우리는 교장실로 끌려갔다. 나는 아직도 꽉 쥔 내 오른손을 내려다보았다. 크고, 높고, 신나게 승리의 고함을 외치고 싶었다. 창문이 다 깨질 정도로. 건강한 내 심장이 쿵쿵거리고, 깨끗한 내 폐가 맑은 공기를 남김없이 들이마시는 것을 느끼니 참 좋았다.

아빠가 소파에 누워 천천히 죽어 가고 있던 그 여름, 나는 그림을 그릴 수 없었다. 미술 수업도 안 빼먹고, 스펀지 페인팅도 살살 문질러 가며 하고, 단색 판화도 만들고, 라스킬 선생님이 미술실 의자에 놓아 둔 원통도 그렸지만, 무엇 하나 제대로 할 수가 없었다. 누랄루의 홉킨스 선생님은 여기와 다르게 수업했다. 홉킨스 선생님은 아빠가 돈벌이도 안 되는 그림이나 그리는 괴상한 히피라고 생각했다. 그리고 진짜처럼 생긴 고무나무들을 그린 풍경화를 좋아했다.

여기 파인 힐스 학교는 달랐다. 라스킬 선생님은 데이비드 그레인저의 작품을 알고 있었다. 선생님은 전시회 개막전을

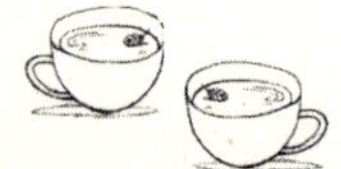

보러 다니는 분이었다.

"크리스틴 그레인저."

선생님이 말했다.

"호오…… 네가 얼마나 잘할지 기대가 되는구나."

미술 수업 첫날 선생님으로부터 그 말을 듣는 순간, 나는 앞으로는 절대 미술실에서 그림을 그릴 수 없을 것 같은 기분이 들었다.

내가 이젤 앞에 서 있으면 선생님은 창의적인 분위기를 자아낸답시고 음악을 틀어 놓았다. 그럼 나는 어쩔 수 없이 납덩이처럼 무거운 붓을 들곤 했다. 그러나 아무것도 할 수 없었다. 색깔을 통해 노래하기 위해 그림을 그렸던 누랄루 출신의 촌아이 크리시는 죽어 버린 것 같았다. 그 대신 도시내기 크리시, 아니, 크리스틴이 그 자리에 들어서 있었다. 앞에 있는 도화지에 그림을 그리기도 전에 머릿속에서 이미 그림을 죽여 버린 크리스틴이.

"흠, 크리스틴. 사람이 좋은 유전자만 쏙쏙 물려받을 순 없겠지? 임신은 DNA 뽑기나 마찬가지야. 넌 틀림없이 어머니 쪽을 닮은 것 같구나. 어머니도 나름대로 창의적이시겠지? 어머니는 어떤 일을 하시니, 크리스틴?"

나는 라스킬 선생님께 우리 엄마가 퀸 빅토리아 호텔 비스트로의 웨이트리스라고 말하고 싶지 않았다. 그래서 어깨만 으쓱했다.

"뗣은 표정 짓지 마라, 크리스틴. 태도 점수도 있으니까."

라스킬 선생님이 날카롭게 말했다.

"어쩔 수 없지. 새싹처럼 피어나는 어린 피카소들만 있는 수업을 기대할 순 없으니까."

나는 집에서도 그림을 그릴 마음이 나지 않았다. 차마 내 방으로 가 아빠가 생일 선물로 준 그림물감을 갖고 나올 수가 없었다. 몸이 너무 쇠약해진 나머지 엄마가 임시 화실로 마련해 놓은 작은 일광욕실까지 걸어갈 기운조차 없이 소파에 누워 텔레비전을 보고 있는 아빠 옆에서는.

대신 내겐 〈자연 관찰 일지〉가 있었다. 나는 챕맨 선생님과 함께 '환경 연구'를 했다. 챕맨 선생님도 우리 아빠처럼 담배를 피웠다. 우리는 시냇가로 자연 관찰 산책을 나가곤 했다. 선생님은 담배에 불을 붙여 연기를 깊이 들이마시고, 전에 심은 토종 풀들과 이제 막 알에서 깨어난 올챙이들과 그들의 먹이인 장구벌레들을 가리키곤 했다. 우리는 관찰한 내용을 〈자연 관찰 일지〉에 기록했다. 그림을 그려도 되냐고 묻자 선생님은 "물론이지, 크리시. 이건 네가 관찰한 것을 담은 네 책이니까." 라고 대답했다.

나는 선생님께 담배에 대해 말하고 싶었다. 하지만 아빠 얘기를 꺼내는 게 싫어서 입을 꼭 다물고, 담배 연기를 바람결에 휘휘 날려 보내기만 했다.

나는 열심히 자연 관찰을 하고 일지를 기록했을 뿐이지만 디는 내가 시냇가에서 남자 애들을 만나고 다닌다는 소문을 퍼뜨렸다.

"조심하는 게 좋을 거야, 크리시 그레인저. 시냇가에서 응응 하면 지옥 불에 떨어지게 될걸?"

"응응이 뭔데?"

나는 여전히 디와 같이 다녔다. 내가 원해서가 아니라 그 애가 옆에 있었기 때문이다. 디도, 나도, 달리 놀 애가 없어서 늘 붙어 다녔다.

"모른 척하긴. 무슨 뜻인지 알잖아. 뽀뽀 말이야. 뽀뽀는 나쁜 게 아니다, 너? 남자 애들한테 네 속옷을 보게 하고, 걔네들이 널 만져도 내버려 두는 게 나쁜 거지!"

"나 지금 〈자연 관찰 일지〉 때문에 그러는 거거든?"

내가 말했다.

"남자 애랑 놀려고 시냇가에 가는 거 아니야. 남자 애랑 거기 가고 싶진 않아."

"그럼, 담배 피우러 가는 거지?"

“난 담배 안 피워.”

나는 주먹 쥔 손을 주머니 속에 푹 넣으며 말했다.

“그럼 쓴 거 보여 줘 봐.”

디는 더러워진 일지를 꼼꼼히 보며 내가 쓴 글을 소리 내어 천천히 읽었다.

“개구리 알! 윽, 징그러! 토 나올 것 같아!”

“담배를 피우면, 폐가 구멍이 숭숭 난 스펀지처럼 변해, 그걸 짜면 검은 물 같은 게 배어 나오는 거야.”

내가 말했다.

“넌 진짜 이상한 애다, 크리시. 지금 개구리 알 얘길 하고 있는데, 왜 난데없이 담배 얘길 꺼내니? 야, 이건 뇌조구나. 이건 맘에 든다.”

디는 내가 그린, 가느다란 나뭇가지 위에서 균형을 잡고 있는 자그마한 할미새 그림을 가리켰다.

“진짜 귀엽다!”

“갖고 싶음 가져.”

내가 말했다.

“진짜? 정말이야? 그럼 아빠한테 액자에 끼워 달라고 해야지.”

나는 그 그림을 찢어 주었다. 디는 그것을 조심스럽게 수학

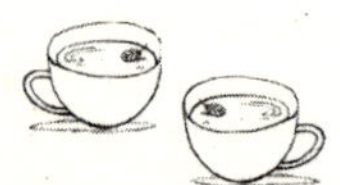

책 사이에 끼우고 내 팔짱을 꼈다.

"있잖아, 크리시, 이따가 오후에 우리 집에 안 갈래? 엄마는 매튜 데리고 치과 가셨어. 아빠가 집에 계시긴 하지만, 내가 뭘 하든 내버려 두셔."

"글쎄, 집에 바로 간다고 했는데."

"그럼 우리 집에서 전화하면 되잖아."

디네 집은 컸다. 개도 없고 자기 몫의 채소밭도 없었지만, 뒷마당에는 방방 뛸 수 있는 트램펄린이 있고, 차 두 대는 들어갈 법한 넓은 차고 벽에는 농구대가 설치돼 있었다.

"알았어."

나는 말했다.

"트램펄린 하게 해 주면."

"아이 참, 그게 얼마나 지겨운 건데."

디가 말했다.

"오늘은 내 방을 구경시켜 주려고 했는데."

"벌써 봤잖아, 디."

"한 번밖에 안 봤잖아. 음악 틀어 줄게. 카세트 플레이어가 새로 생겼거든."

"트램펄린 먼저 하고."

전화벨이 열다섯 번이나 울린 다음에 아빠가 전화를 받았다.

“아빠.”

나는 남들 앞에서 내는 밝은 목소리로 말했다.

“저예요. 뭐 하세요?”

“록 허드슨 영화 보고 있어. 어디니?”

“디네 집에 있어요. 좀 놀다 갈게요. 괜찮죠?”

“마음대로 하렴.”

아빠가 말했다. 피곤한 목소리였다.

“올 때는 한눈팔지 마라, 우리 강아지. 모르는 사람하고 말하면 안 된다.”

디는 게임 프로그램을 보고 있는 자기 아빠 옆에 벌러덩 누워 있었다.

“재미있어요?”

그 애가 물었다.

“응. 우리 귀염둥이.”

디가 그 자리를 벗어나려는데 걔네 아빠가 말했다.

“나가기 전에 맥주 한 캔만 더 갖다 줄래?”

“우리 아빠 잘생기지 않았니?”

분홍색과 하얀색으로 장식된 방에 들어서면서 디가 물었다.

“매력적이지, 그치?”

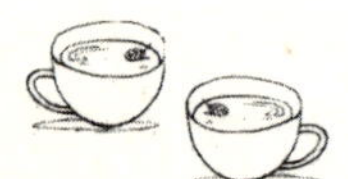

"응, 뭐 콧수염이 좀 그렇지만."

"난 콧수염 무지 좋아해."

디가 말하며 소나무로 만든 하얀색 화장대 서랍을 열었다.

"있잖아. 네 손톱 칠해 줄게. '미스 펄'이라는 이 색깔, 새로 샀거든."

"나 트램펄린 시켜 준다고 했잖아."

"내가 그랬어? 그거 치워 버렸는데. 엄마가 비 올지도 모른다고 했거든."

"하지만 약속했잖아."

"약속? 안 했는데? 어쨌든 깜빡했어."

"너희 아빠한테 도로 꺼내 달라고 하면 안 돼?"

"근데 난 트램펄린 하기 싫어. 말했잖아, 지겹다고. 어쨌든 우리 아빠를 방해하면 안 돼."

"난 손톱 칠하기 싫어."

"그럼 내가 칠하는 거 구경해."

디가 작은 벨벳 가방을 꺼내며 말했다. 그러고는 가방 속에 든 것을 셔닐 이불 위에 쏟아 놓았다. 족집게, 손톱 미는 줄, 금빛 손잡이가 달린 작은 가위, 그리고 펄이 잔뜩 들어간 분홍색 매니큐어 병이 나왔다.

"우리 엄마는 밤마다 손톱용 크림이랑 핸드크림을 쓰게 해

줘. 딱 한 방울만. 손톱이 휘어지지 말라고 주는 거야. 엄마가
그러는데, 손톱깎이로 손톱을 깎으면 안 된대."

나는 내 손을 엉덩이 밑으로 감추었다. 손톱을 물어뜯는 버
릇이 있으니까.

"우리 엄마가 그러는데, 매니큐어에는 손톱을 말려 버리는
화학 물질이 들어 있대! 그리고……."

나는 립스틱을 집어 든 디에게 이 말을 덧붙였다.

"립스틱에는 보통 쇠기름이 들어 있대."

"쇠기름? 으, 징그러. 그럴 리 없어! 그럼, 맛이 느끼해야 하
잖아. 립스틱에선 그런 맛 안 나. 좋은 향이 나지."

"향을 넣으니까 그렇지. 쇠기름 맛을 숨기느라고."

디는 손에 들고 있던 립스틱을 떨어뜨렸다.

"그럼 남자 애가 뽀뽀할 땐 어떻게 해?"

"그야 립스틱을 발랐나 안 발랐나가 문제지."

디의 얼굴에 걱정이 어렸다.

"걔네들이 그 맛을 느꼈을까?"

"몰라. 어쨌든, 남자 애랑 뽀뽀하고 싶어 하는 애들이 어디
있니?"

"나 있잖아! 그치만, 크리시 그레인저. 너는 걱정할 거 하나
도 없어. 네 꼴 좀 봐라, 대체 어떤 남자 애가 너같이 생긴 애

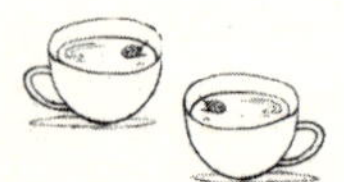

한테 뽀뽀하고 싶겠니?”

 나는 거울을 보았다. 늘어지고 낡아 빠진 티셔츠에 조금 짧은 듯한 멜빵 청바지를 입고 있는 내 모습이 보였다. 그 바지는 누랄루에 살 때 엄마가 터움바에서 사다 준 바지 세 벌 중 하나였다. 짧아져서 발목이 좀 드러났는데 여름에 입으면 안성맞춤이었다. 나는 내 복사뼈를 좋아했다. 가느다란 복사뼈는 마치 말발굽 윗부분에 돋아난 털처럼 삐죽 나와 있었다. 늘 발을 질질 끌고 걷는 버릇 때문에 샌들 앞코는 점점 까지고 있었다. 물론 엄마는 내게 성큼성큼 걸으라고 했다. 그날 나는 어깨까지 오는 머리를 모아 한 갈래로 묶었는데 여느 때보다 더 단정해 보이는 것 같았다. 나는 거울 앞으로 몸을 숙였다. 코에는 새로 생긴 듯한 주근깨가 나 있었다. 암만 생각해 봐도 나를 사랑하기 힘든 이유는 그것밖에 없는 것 같았다.

“내가 뭐 어디가 어때서?”

내가 물었다.

“크리시 그레인저. 너 진짜 후진 거 모르니? 정말 웃긴다. 넌 살아가면서 뭐가 중요한지 코딱지만큼도 모르는구나. 아무리 너희 아빠가 예술가고, 네가 할미새를 잘 그리면 뭐하니?”

 난 알아. 터덜터덜 집으로 걸어가며 나는 생각했다. 난 디는 생각하지도 못하는 것들을 알아. 나는 온갖 것들이 작디작은 삶을 살아가는 모습을 보면서 시냇가에 오랫동안 고요하게 앉아 있는 법을 알아. 아침에 일어나 현관으로 가면서, 아빠가 조금씩 조금씩 죽어 가는 소리를 듣는 법을 알아. 내 안에 고여 있는 너무도 커다란 슬픔을, 고스란히 간직하는 법도 알아. 한 방울만 더 생기면 봇물처럼 터져 나올 것 같은 그 슬픔을. 나를 갈기갈기 찢어 온 바닥에 흩어 버리고 영원히 사라져 버리게 만들 그 슬픔을.

"나 새 옷 좀 사 주세요."

집에 오자마자 아빠에게 말했다.

"새 옷? 웬일로?"

탁자 앞에서 책을 읽던 아빠가 고개를 들며 말했다.

"아빠, 제 꼴 좀 보세요, 네? 멜빵바지는 너무 짧아졌고, 윗도리는 항상 말려 올라간단 말이에요. 게다가 브라도 있어야 한다고요."

나는 가슴을 불쑥 내밀며 아빠가 웃기를 기다렸다. 아빠는 나를 위아래로 훑어보더니 느릿느릿 고개를 끄덕였다.

"그래, 그렇구나, 크리시. 쑥쑥 자라고 있구나. 무슨 옷을 사고 싶은데?"

"멜빵바지는 싫어요."

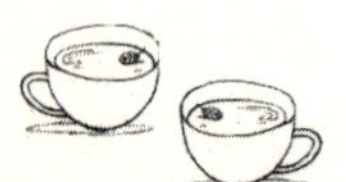

나는 얼른 말했다.

"여긴 시골이 아니잖아요. 치마를 사고 싶어요, 가죽 치마. 짧은 걸로요. 그리고 밑단이 활짝 벌어진 소매에 레이스가 달린 윗도리랑 샌들도요. 굽이 약간 있는 걸로요."

"인조 가죽으로 된 미니스커트가 어떨까?"

아빠가 물었다.

"어쨌거나 우린 채식주의자니까."

"좋아요."

내가 말했다.

"디의 것도 진짜는 아닌 것 같으니까."

"좋아."

아빠가 말했다.

"인조 가죽 미니스커트, 윗도리, 굽 있는 샌들, 브라……. 또 필요한 건 없어?"

"브라는 트레이닝 브라로요."

내가 말했다.

"그렇게 부르거든요, 트레이닝 브라라고."

"트레이닝 브라."

아빠가 따라 했다.

"정확히 어떤 용도인데?"

나도 잘 몰랐다. 학교에서 친구들이 말하는 걸 주워들었을 뿐이다. 그래서 나는 아빠 말은 못 들은 척하고 필요한 것만 계속 말했다.

"청바지도요."

나는 봉고와 시냇가를 뛰어다니던 걸 떠올리며 말했다.

"나팔바지로요."

"좋아. 돈이 되면 나팔바지도 사는 걸로 하자. 자, 그럼 언제 쇼핑하러 갈까, 크리시?"

"아빠가 같이 가려고요?"

"물론, 내가 가지."

아빠가 말했다.

"난 쇼핑을 좋아하잖니, 엄마는 싫어하고. 그래도 트레이닝 브라는 엄마 몫으로 남겨 놓자."

"전 아빠가…… 어…… 진짜 갈 수 있어요?"

"왜? 재미있을 것 같은데."

아빠가 말했다.

"쇼핑해 본 지 무지 오래되었거든."

"나, 아빠랑 쇼핑 갈 거다."

다음 날 학교에서 디를 만나자마자 그 얘기부터 꺼냈다.

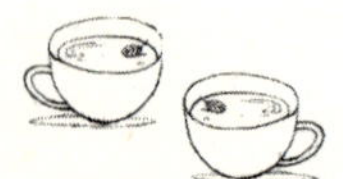

“아빠랑?”

“응, 우리 아빠랑. 미니스커트도 살 거야. 네 거 같은 거.”

“브리즈번에선 그런 거 못 살걸?”

디가 스커트를 매만지면서 긴 분홍색 손톱을 은근히 뽐냈다.

“이건 사촌이 바다 건너 미국에서 보낸 거거든.”

“나, 나팔바지랑 새 윗도리랑 굽 있는 샌들도 살 거야.”

나는 아빠랑 쇼핑하느라고 학교를 빼먹었다. 아빠는 노인처럼 조심조심 차를 몰았지만, 차에서 내릴 때는 나지막이 콧노래를 흥얼거리고 있었다.

우리는 곧장 데이비드 존스 백화점으로 갔다. 아빠는 내게 온갖 옷을 입어 보게 하고 모델처럼 걸어 보라고 했다. 내가 좀 당황하자 아빠가 얼굴을 찌푸리며 이렇게 말했다.

“어깨를 쭉 펴라, 크리시. 그렇게 구부정하게 있으면 네 모습이 제대로 보이지 않잖니? 그 색깔은 잘 어울리는구나. 자, 보렴.”

아빠는 나를 빙그르르 돌려 거울을 보게 했다.

“그 색깔을 입으니까 피부가 따스해 보이지?”

아빠는 내 머리를 위로 올리고, 턱을 아빠 쪽으로 돌렸다. 그래서 나는 곁눈질로 내 얼굴을 볼 수밖에 없었다.

“아주 예쁜 따님을 두셨군요.”

점원이 말했다.

"손님께선 색에 대해 아주 잘 아시네요. 그 아가씨 복도 많네. 아빠가 쇼핑도 같이 하고, 여자 애들한테 뭐가 필요한지도 아시니."

아빠는 그곳의 스커트들을 영 마음에 안 들어 했다.

"만져 보렴."

아빠가 말했다.

"무슨 느낌이 드니?"

"비닐이요."

내가 말했다.

"왠지 뜨겁고 끈끈한 느낌이에요."

"역하지."

아빠가 끄덕였다.

"하지만 그 윗도리는 괜찮아. 소매도 어울리고. 이 청치마 어떠니? 훨씬 실용적일 것 같은데? 야, 이것 봐라, 크리시. 이 드레스가 어울리겠다."

아빠가 목이 파인 긴 드레스를 가리켰다. 색깔이 화려 강산이었다. 분홍색, 주황색, 초록색, 파란색이 뒤얽혀 춤을 추고 있는 것 같았다.

"그걸 입고 어떻게 학교에 가요?"

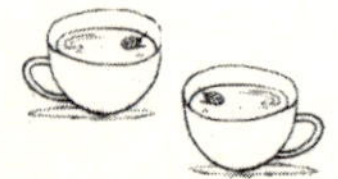

내가 말했다.

"너무 좋은 옷이잖아요."

"학교 말고 전시회 개막식 때랑 아빠랑 점심을 먹으러 갈 때 입으면 되지. 자, 입어 보렴."

드레스는 복사뼈까지 내려왔다. 살랑대는 드레스를 입고 사뿐사뿐 걸으니 다리에 부드러운 느낌이 휘감겼다.

"지금 입을 겁니다."

아빠가 말했다.

"가격표만 떼어 주세요."

"제가 따님 머리를 좀 매만져 드릴까요? 아까 손님이 하셨던 것처럼요. 빗도 있고 머리핀도 두어 개 있을 거예요."

점원은 빗을 가져오더니 내 머리를 빗겼다. 머리를 다 만지자, 거울 속의 내 모습은 눈과 뼈밖에 안 보이는 발레리나 같았다.

"신발이 좀 안 어울리네요."

점원이 낡은 검정색 샌들을 보며 말했다.

"신상품 들어온 게 있는데 아주 잘 어울릴 것 같아요. 굽도 약간 있고, 앞에 데이지 꽃이 달린 구두예요."

"여러 가지로 애써 주셔서 감사합니다."

아빠가 말했다. 그 둘은 비밀이라도 나눈 듯이 서로 빙그레

미소 지었다.

나는 드레스 입은 어깨를 활짝 펴고, 작은 방울로 장식한 머리를 꼿꼿이 들었다. 여느 때처럼 고개를 푹 숙이고 발을 질질 끌면서 걷지 않게 된 것이다.

흐뭇하게도 새 구두는 바닥에 닿을 때마다 또각또각 소리를 냈다. 키가 훌쩍 큰 기분이었다.

우리는 어둑어둑한 동굴처럼 생긴 '쿡 선장의 선실'로 들어갔다. 입구에 커다란 수족관이 있고, 벽마다 그물이 장식된 최고급 레스토랑이었다. 안에는 해저처럼 검푸르면서도 은은한 녹색이 흘렀다. 아빠의 얼굴이, 아픈 것처럼 검푸르게 보였다. 어쩌면 그곳의 조명이 모든 것을 녹색으로 변하게 만드는 건지도 몰랐다.

아빠는 자연산 굴 여섯 개짜리 2인분을 주문했다. 다시 보니 아빠의 얼굴이 괜찮아 보였다.

"굴이요?"

내가 물었다.

"그래, 크리시. 누구나 한 번쯤은 굴을 먹어야 할 때가 오는 법이란다. 오래전부터 마음속으로 약속했지. 네가 처음으로 굴을 먹을 때는 꼭 내가 맛보여 주겠다고. 지금이 그때란다."

굴은 커다란 젤리 눈알처럼 보였다. 마치 소장小腸의 내용물

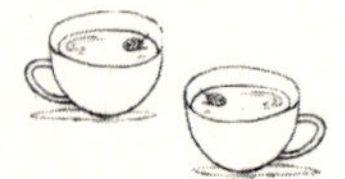

을 깔끔하게 포장한 것 같기도 하고, 달팽이를 뒤집어 놓은 것 같기도 했다. 여섯 개의 굴은 모두 껍질 안에 들어 있었다. 한 입에 들어갈, 속을 뒤집는 굴 여섯 개가 내 앞에 있었다. 파슬리 가지와 레몬 조각과 아주 작은 갈색 빵 조각을 대동한 굴들이 얼음 위에서 한껏 거드름을 부리고 있었다. 나는 수술하며 꺼낸 것 같이 생긴 이런 것은 도저히 삼킬 수 없다고 말하려다가, 발목에 감긴 드레스를 내려다보고는 입을 꾹 다물었다.

"이걸 씹을 생각은 마라."

아빠가 말했다.

"그냥 삼켜 버리면 돼, 알았지?"

아빠가 시범 삼아 굴 하나를 집었다. 그러고는 껍질에서 알맹이를 세심하게 떼어 내 레몬즙을 뿌리고 입 안에 쏙 넣었다.

나는 굴을 보지 않으려 했다. 오직 드레스의 색깔들만 생각하려 애쓰면서 레몬을 짜고 굴을 떼어 삼켜 버렸다. 바다 맛이 나는 물크덩한 덩어리가 목구멍 안으로 미끄러져 내려갔다. 자, 이제 다섯 개 남았다.

굴을 다 먹자 아빠가 계산을 했다. 나는 도로 어린애가 된 듯, 아빠가 내 손을 잡도록 내버려 두었다. 여전히 배가 고팠지만, 아빠 얼굴을 보니 생선 튀김과 감자튀김을 사 달라는 말이 나오지 않았다. 우리는 느릿느릿 차로 돌아갔다. 아빠도 나도 더 이상 별말을 하지 않았다.

나는 퇴근한 엄마 앞에서 새 옷들을 입고 무대의 모델처럼 걸어 보였다.

"그렇게 하면 어떻게 해, 데이브."

엄마가 말했다.

"그렇게 하고 싶었어."

아빠가 전에는 한 번도 들어 본 적이 없는 목소리로 말했다. 단호하고 화난 느낌까지 묻어나는 목소리였다. 나는 깜짝 놀라 아빠를 쳐다보았다. 그러자 엄마는 달리 아무 말도 하지 않고, 맞다고, 드레스가 예쁘다고, 참 예쁘다고, 그리고 내가 입으니 훌쩍 성숙해 보인다고 했다.

"우린 굴도 먹었어요."

내가 말했다.

"아빠가 그러는데, 누구나 그걸 먹을 줄 알아야 한대요. 맛은 괜찮았어요. 바다 맛이 느껴졌으니까. 막상 입에 넣으니까 생긴 것의 반만큼도 괴롭지 않던데요? 전 여섯 개나 먹었어요."

"이제 진이 다 빠졌겠어."

엄마가 아빠에게 말했다. 엄마의 목소리 역시 평소와 달랐다. 빳빳했다. 마치 풀을 잔뜩 먹여 다림질한 것처럼.

"이제 자야겠어."

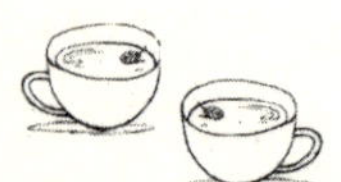

아빠가 말하며 느릿느릿 몸을 일으켰다.

"그 드레스를 발견해서 기쁘다, 크리시. 네게 굴 먹는 법을 가르칠 수 있었던 것도. 이제 그만해요, 레타 마님. 진이 다 빠졌다고 세상이 끝나는 건 아니니까."

다음 날 나는 새 구두와 새 스커트 차림으로 학교에 갔다. 디는 스커트가 가죽이 아닌데도 치마 길이도 알맞고, 라인도 나한테 잘 어울린다고 말했다. 점심시간에는 자기 잡지까지 빌려 줬다.

"쓰레기 같으니."

라스킬 선생님이 옆을 지나가며 말했다.

"네가 그렇지 뭐, 디. 너야 잘돼 봤자 비서일 테니까. 하지만 크리시 그레인저, 가정환경으로 보아 너한텐 좀 다른 기대를 했었다."

"저 선생님은 여성 해방 운동가야."

라스킬 선생님이 지나간 다음에 디가 속삭였다.

"그래서 남들처럼 그냥 '미스 라스킬'이라고 안 부르고 '미즈 라스킬'이라고 하는 거야. 언젠가는 브라도 안 했더라니까? 내가 봤어. 도드라진 거."

나는 그 선생님이 미즈건 말건, 젖꼭지가 보이건 말건 관심 없었다. 내가 미술에서 낙제할 뻔해 교장실로 불려 갔던 것,

그래서 라스킬 선생님이 챕맨 선생님에게 나에 대해 음울하고 비협조적이네 어쩌네 하고 말하는 것을 듣다가 마침내 그분들이 나 보고 나가 있으라고 해서, 둘이 나에 대해 의논하는 동안 체벌용 의자에 앉아 있어야 했던 것에도 관심이 없었다.

난 관심 없었다. 디가 그토록 열망하는 하이힐의 세계에 도움이 될 만한 것들을 점점 많이 알아 가고 있는 중이니까. 언젠가는 나도 엄마처럼 예뻐지게 될 것이다. 어제 아빠는 내 미래의 얼굴을 보여 주었다. 늘 그렇게 보이지야 않겠지만, 적어도 한 번은 그랬고, 앞으로도 또 그럴 것이다. 아빠가 그렇게 약속했었다.

나는 옷이란 겉보기와는 다르니, 걷다가 유난히 아름다운 꽃을 만지는 것처럼 만져 봐야 한다는 것도 알았다. 그리고 무엇보다도 중요한 것은, 거의 숨을 쉬기도 힘든 상태인데도 쇼핑을 나가고, 굴을 먹는 것처럼, 언젠가는 불가능한 일을 해야 할 때도 있다는 것을 알게 되었다는 점이다. 사람들이 온 마음을 깃들여 서로 사랑할 때는 그렇게 하며, 그런 것은 주근깨나 복사뼈나 립스틱 따위와는 아무 상관도 없다는 사실을.

나는 미술에서 낙제하지 않았다. 챕맨 선생님이 나오더니 선생님 차까지 함께 걸어가자고 했다. 선생님은 내 〈자연 관찰 일지〉가 라스킬 선생님이 붓을 가볍게 놀려 그린 그림들만큼

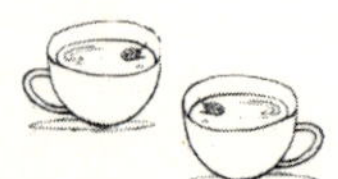

중요한 작품이라고 말했다. 그리고 내가 음울하고 잘 어울리지 못한다는 것은 말도 안 된다, 그건 오히려 그 선생님에게 어울리는 표현이다, 그러니 신경 쓰지 말고 계속 용감하고 강건하게 지내라고 하셨다. 그리고 혹시 말하고 싶은 게 있으면 언제라도 찾아오라고 했다.

"선생님도 담배 피우시는지 몰랐어요."

선생님이 성냥을 찾으려고 주머니를 뒤적거리는 것을 보면서 내가 불쑥 말했다.

"진짜 몰랐어요, 챕맨 선생님. 전혀 안 피우시는지 알았어요."

선생님은 성냥과 담배를 다시 집어넣으며 뭐라 말하려 했다. 하지만 나는 대답을 기다리지 않았다.

"저 가 봐야 해요."

나는 기운을 짜내 말했다.

"진짜 가야 해요. 신경 써 주셔서 감사합니다, 선생님. 그리고 정말 죄송합니다."

나는 그 자리를 떠났다. 뛰어갈 때 가방이 다리에 탁탁 부딪쳤다.

다음 날 학교에 와 보니, 내 책상 위에 짧은 편지가 놓여 있었다.

크리시에게

내가 자랄 때는 담배 피우는 게 위험하다는 사실을 몰랐
단다.
그러나 네 말이 옳구나. 이제 우리는 담배를 피우는 게
얼마나 위험한지 아주 잘 알게 되었어. 계속 피우는 것
은 잘못된 거야. 이번 크리스마스 연휴 동안 끊으려고
노력할게. 크리스마스란 뭔가 노력하기에 좋은 때라고
생각한단다. 집에 좀 더 많이 있게 되니까 말이야. 그리
고 아내는 내가 집 안에서 담배 피우는 것을 좋아하지
않거든. 그러면 커튼에 냄새가 밴다더라. 걱정해 줘서
고맙다.

윌리엄 챕맨

나는 그 편지를 단정하게 접어서 다른 애들, 특히 디가 보기
전에 가방 안에 쏙 넣어 버렸다. 그리고 집에 오자마자 편지를
속옷 서랍 속의 꽃무늬 종이 밑에 안전하게 숨겼다. 나는 알고
있었다. 그 편지를 일생 간직하게 되리라는 것을.

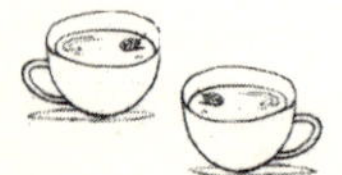

낸 할머니

나는 결국 외할머니에게 전화를 하고 말았다. 나 아니면 아무도 안 할 테니까. 아빠는 그건 자기 몫이 아니라 엄마가 결정할 일이라고 했고, 엄마는 일언지하에 안 한다고 잘라 말했다.

"난 어머니가 안절부절못하는 꼴은 죽어도 못 봐."

그래서 우리는 금요일 밤마다 낸 할머니에게 전화하면서도 그 말은 하지 않았다. 우리는 즐거운 척하며 온갖 것을 떠들어 댔다. 우리 모두 잠시도 떨쳐 버리지 못하는 그것만 빼고.

"그래, 도시에서 사는 건 재미있니?"

전화를 하면 외할머니는 언제나 이렇게 물었다.

“별로요.”

나도 늘 그렇게 대답했다.

“그냥 그럭저럭 괜찮아요.”

“너희가 왜 이사 갔는지 모르겠구나. 누랄루에서 즐겁게 잘 지내지 않았니?”

“글쎄요.”

나는 그렇게 대답할 수밖에 없었다. 할머니에게 전화할 때마다 엄마가 어찌나 바짝 붙어 서 있는지, 심장 뛰는 소리가 내 귀에 들릴 지경이었다. 내가 혹시라도 엉뚱한 말을 하면 엄마는 당장 전화기를 낚아챌 게 분명했다.

“엄마 때문에 자꾸 거짓말하게 되잖아요.”

나는 엄마에게 항변했다.

“참말도 아닌 것을 말하게 된다고요.”

“난, 정말이지, 할머니와는 사이가 좋을 수 없어.”

엄마가 느릿느릿 말했다. 요즘 들어 엄마는 화가 나면 말투가 느려졌다.

“일이 너무 많아. 할머니까지 돌볼 수는 없다고.”

“돌보지 않아도 돼요.”

내가 말했다.

“할머니가 도와주실 거예요. 도와주고 싶어 하시잖아요. 엄

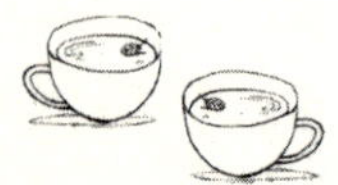

마는 그냥 할머니를 무지 싫어하는 거잖아요."

"난 할머니를 무지 싫어하지 않아."

엄마가 말했다.

"넌 아직 어려서 잘 몰라."

"난 엄마를 무지 싫어해."

내가 말했다. 잠시 내가 한 말이 진짜로 느껴졌다.

엄마는 한숨을 쉬면서 내 머리를 어루만졌다.

"그래. 알아."

결국 어느 토요일 오후에 나는 할머니에게 전화를 하고 말았다. 엄마는 비스트로에 일하러 가고, 아빠는 자고 있었다. 나는 현관에 앉아 다리의 딱지를 뜯으며, 그동안의 이야기를 몽땅 털어놓았다. 도저히 내 목소리라고는 받아들이기 힘든 기괴하고 작고 무미건조한 목소리로.

"세상에!"

할머니가 기가 막히다는 목소리로 말했다.

"아니, 너희 엄마는 왜 나한테 말하지 않았다니?"

나는 어깨를 으쓱했다. 물론 할머니는 나를 볼 수 없었다. 나는 더 이상 할 말이 없었다. 그 모든 것을 말하느라 목소리가 다 소진된 것 같았다.

"가엾은 우리 강아지."

할머니가 가만가만 말했다.

"가엾은 우리 강아지."

그러자 처음으로 누가 가만히 나를 쳐다보는 듯한 느낌이 들면서 눈물이 쏟아지기 시작했다. 난 아무 소리도 하지 않고 흐느끼기만 했다. 할머니는 애절한 한숨을 쉬면서 가장 빠른 비행기로 오겠다고 했다. 그 말을 들으니 손가락 사이로 눈물이 흘러내렸다. 나는 아직 내가 살아 있다는 걸 할머니에게 알리기 위해 크게 한 번 훌쩍인 뒤 전화를 끊었다.

잘못한 건 알지만, 상관없었다. 어쨌든 낸 할머니는 우리 식구니까. 친할아버지, 친할머니는 내가 태어나기도 전에 갑작스런 고속도로 추돌 사고로 돌아가셨고, 낸 할머니의 남편인 나의 외할아버지 역시 엄마가 십 대 때 돌아가셨다. 심장병이었다. 내 생각에 우리 집 사람들은 일찍 죽을 운명인 것 같다.

"어머니는 여기서 못 지내."

엄마가 말했다.

"절대 안 돼, 안 된다고."

"계실 데가 있어야 하잖아."

아빠가 레몬그라스 차를 따르며 말했다. 차 향기가 퍼지자 공기가 갑자기 새콤해지며 심장이 살짝 멎는 것 같았다. 나는 문득 누랄루가 그리워졌다. 뒷문 옆에 레몬그라스를 키우던

그곳이.

"할머니는 제 방에서 지내시면 돼요."

내가 말했다.

"전 괜찮아요."

낸 할머니는 작은 가방 하나만 달랑 들고 도착했다. 할머니는 어딘가 달라 보였다. 내가 마지막으로 봤던 이 년 전 크리스마스 때보다 할머니 같은 분위기가 좀 옅어졌달까. 좀 마르고 날카로워 보였다. 마치 텔레비전에 나오는 노인들 같았다. 할머니는 엄마를 오랫동안 껴안았다가 밀어내고는, 뭔가를 찾는 듯이 엄마의 얼굴을 들여다보았다.

"왜 일 나자마자 알려 주지 않았니?"

할머니가 말했다.

"네가 어떤 심정인지 알고 있단다. 오, 레타. 힘들지. 안다 알아. 키스가 세상을 떠났을 때, 난 내 삶이 몽땅 무너진 줄 알았어. 지금 네 심정은 내가 잘 안다, 알고말고."

"데이브는 아직 안 죽었어요, 엄마."

"그럼, 아니지, 아니고말고. 사랑하는 내 딸."

할머니는 다시 엄마를 껴안았다. 그러나 엄마는 뻣뻣하게 서 있기만 했다. 내가 심술이 잔뜩 났을 때 엄마가 껴안으면 내가 그러듯이.

"가방 이리 주세요."

엄마가 말했다.

"크리시 방에서 주무시면 돼요."

"아이고, 그야 좋지. 크리시, 너도 괜찮지?"

바닥에 매트리스만 깔고 자야 하지만 그래도 난 전혀 상관
없었다. 할머니랑 같이 자니 밤이 훨씬 아늑했다. 밤에 깨어났
다가 가끔씩 할머니가 가르릉 가르릉 엷게 코 고는 소리를 듣
게 되었으니까. 아침이면 할머니는 나와 함께 일어나 엄마가
하던 일들을 하고, 내 아침을 준비해 주고, 아빠에게 차를 만
들어 주고, 내 점심 도시락을 마련해 주었다. 그러는 내내 할
머니는 마치 자신에게 말하듯이 이야기를 했다. 하지만 크게.

"나도 그랬지."

할머니가 말했다.

"키스가 떠났을 때 나도 그랬어. 그건 엄청난 충격이었지.
우리에게 남은 건 이 별 볼일 없는 삶뿐이었어. 그래도 그거나
마 잘 살았어야 했는데……. 그 양반이 떠난 뒤에 홀로 아이를
키우며 고민해야 할 게 너무 많았어. 그래서 나는 또다시 잃고
말았지."

"뭘 잃어버렸어요, 할머니?"

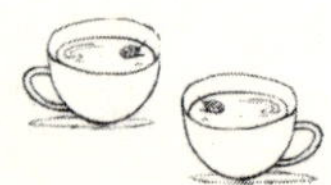

할머니는 부엌 식탁 앞에 앉았다. 아빠는 할머니를 바라보며 천천히 차를 마시고 있었다.

"인생을 사는 법."

할머니가 말했다. 아빠를 똑바로 보며 빙긋 웃는 할머니의 모습이 엄마랑 너무 닮아 보여, 하마터면 토스트를 떨어뜨릴 뻔했다.

"무슨 말인지 모르겠잖아요."

나는 징징거리는 투로 말했다.

"자신에게 진실해야 하는 법이지요."

아빠가 고개를 끄덕이며 말했다.

"용감하게 말이야."

할머니가 말했다.

"남들이 뭐라고 생각하든, 어떤 판단을 내리든 상관 말아야 해, 데이브. 자네나 레타처럼 말이야. 자네는 늘 자네 꿈이 뭔지 알고 있었지."

"그래서 저를 미워하셨잖아요."

아빠가 말했다.

"장모님께서는 레타를 앞길이 탄탄한 회계사와 결혼시키고 싶어 하셨지요."

할머니는 고개를 끄덕였다.

"그래 그랬었지. 하지만 잘못이었어, 그렇지 않은가? 자네
는 레타를 행복하게 해 주었으니까."

"감사합니다."

아빠가 할머니를 향해 찻잔을 들었다.

"애쓰긴 했지요. 이렇게 끝나고 있어 죄송스럽습니다."

"나도 미안하네, 자네들 둘에게."

아빠와 할머니가 그런 식으로 이야기하는 게 나는 정말 싫
었다. 마치 우리 집에 죽음을 초대하고 있는 것 같은 기분이었
다. 할머니와 아빠는 그런 이야기를 아주 차분하게 했다. 그것
도 하필 꿀 바른 토스트를 먹고 있는 부엌 식탁에서. 엄마도
이런 분위기를 좋아하지 않았다.

"전과 달라지셨어요."

어느 날 엄마가, 일하러 가려고 서두르며 말했다.

"벌써 두 잔째 차를 마시며 앉아 계시잖아요. 설거지는 하지
도 않고."

"설거지 같은 건 썩 중요한 게 아니라는 걸 배우고 있는 중
이야."

할머니가 말했다.

"하루 휴가를 내지 그러니, 레타? 이렇게 동동거리며 살 것
까진 없잖아?"

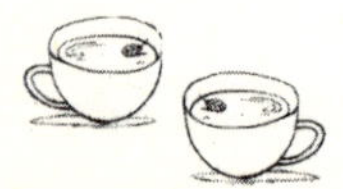

“아뇨! 그렇게 해야 해요! 그래야 한다고요! 정말 어이없는 말씀이군요!”

그러더니 엄마는 퉁퉁거리며 나가 버렸다.

가끔 엄마는 할머니가 아빠와 같이 지낸다는 사실에 무작정 화가 나는 것 같았다.

“무슨 얘기를 하는데?”

엄마는 아빠에게 묻곤 했다.

“둘이 무슨 애길 하느냐고?”

“그냥 이런저런 얘기. 돈 얘기도 하고, 옛날 얘기도 하고. 내 작품을 구경할 때도 있고. 장모님도 관을 마련할까 하셔. 직접 그림을 그릴까 하시던데. 보우디한테 가서 치수를 재 보시겠대.”

“기가 막혀.”

엄마가 말했다.

“여긴 완전 딴 세상이네? 직장에 가면 반쯤은 뾰루지를 걱정하고 있고, 반쯤은 남자 친구 얘기를 하거나 임신을 할까 말까 고민해. 누가 약혼했느니 그런 얘기도 하고. 근데 집에 오면 온통 관 얘기뿐이니.”

“당신, 일하러 안 가도 돼, 레타. 장모님이 집을 파시겠대.”

“난 일하러 가야 해.”

엄마가 말했다.

"당연히 일하러 가야지. 일도 안 하면 내가 어떻게 견딜 수 있겠어?"

할머니는 요가반에 등록했고, 이탈리아 어를 배우기 시작했다. 학교에 갔다 와 보면 할머니는 거실에서 요가 동작을 연습하고 있거나 아빠와 함께 앉아 있곤 했다. 두 사람 다 눈은 감겨 있고, 들리는 건 오직 숨소리뿐이었다. 할머니의 숨소리는 일정하고 규칙적이었고, 아빠의 숨소리는 거칠고 잡음이 많았다.

"뭐 하세요? 케이크 먹어도 돼요? 저 배고파요."

"명상하고 있어."

아빠가 말했다.

"우리가 지금 하는 것을 명상이라고 해. 무無에 귀 기울이며 고요하게 앉아 있는 것. 우리의 숨을 헤아리는 것. 조잘거리는 원숭이들을 고요하게 하는 것."

"무슨 원숭이요? 저 케이크 두 조각 먹어도 돼요?"

"한 조각만 먹으렴. 이따 저녁 먹어야 하잖니."

할머니가 일어났다.

"우리 머릿속에 있는 원숭이들을 말하는 거란다, 크리시. 삶

의 온갖 사소한 일에 대해 조잘거리는 것들. 우리는 고요하게 있고 싶어. 그래서 삶이 우리 마음속으로 스며들 수 있도록."

"할머니 어디 계시니?"

엄마가 오후 교대에서 돌아와 말했다.

"집안일 하시는 줄 알았는데 이렇게 나다니시면 도움도 안 되잖아?"

"할머니가 저녁 해 놓으셨어요."

내가 말했다.

"보세요, 라자니아예요."

"어머니 어디 가셨어, 데이브?"

"몰라."

아빠가 말했다.

"요가나 이탈리아 어 수업에 가셨겠지. 아니면 요즘 만나는 남자 친구랑 영화 보러 가셨는지도 모르고."

"무슨 친구? 왜 어머니가 나한테는 얘길 안 한 거야? 뭐가 어찌 돌아가는지 왜 나한테만 말을 안 하시냐고?"

"엄마는 집에 없잖아요."

내가 상을 차리며 말했다.

"엄마가 없는데, 어떻게 할머니가 얘길 해 줘요?"

"하, 고마워, 크리시. 대단히 고맙구나. 그 말을 들으니 기분이 아주 좋아지는걸? 난 일을 해야 해. 꼭 해야 한다고."

"괜찮아."

아빠가 엄마에게 손을 뻗으며 부드럽게 말했다.

"일하러 가지 않아도 돼, 레타. 장모님이 경제적으로 도와주겠다고 하셨어."

"당신, 이해 못하는구나."

엄마가 식탁을 확 밀치고 일어났다. 나중에 다시 돌아왔을 때는 출근할 때 했던 화장을 싹 지우고, 머리를 풀어 헤친 채였다.

"난 요가를 다니거나 이탈리아 어로 말하는 그런 어머니가 낯설단 말이야."

할머니가 이탈리아 어를 조금씩 쓰기 시작한 건 사실이었다. 할머니는 카세트테이프를 틀어 놓고 테이프에서 나오는 목소리에 대답을 하곤 했다. 그 소리는 마치 빗소리 같았다. 단어들이 내 주변을 즐겁게 떠다녔다. 귀에 스며들어도 무슨 뜻인지는 알 수 없었다. 할머니가 그건 가까운 슈퍼마켓이나 기차역을 찾는 질문이라고 말하면 어째 엷은 실망감이 번지곤 했다.

"게다가, 남자 친구까지 사귀시다니."

아빠가 엄마를 바라보며 말했다.

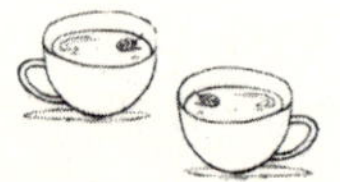

"어머니와 얘길 좀 해야겠어."

엄마가 말했다.

"대단히 좋은 생각이야, 레타. 장모님과 사이가 좀 풀리겠군."

"그 노인네 얘기만 할 거야."

엄마가 말했다.

"그뿐이야, 데이브. 단지 그 문제만이라고."

"할머니, 할머니는 변했어요?"

그날 밤 늦게 들어온 할머니에게 물었다.

"세상에, 크리시. 네가 자고 있는 줄 알았구나. 내가 변했다니, 무슨 말이니? 난 여전히 똑같은 옷을 입고 있잖아?"

"아니, 다른 거 말이에요. 마음 같은 거요."

할머니는 잠시 말이 없었다. 방 안은 밤이 내는 소음들과, 할머니가 지퍼를 내리는 소리, 셔츠가 버석거리는 소리, 아빠가 현관에서 기침하는 소리, 봉고가 토끼를 쫓아다니는 꿈을 꾸는 소리 등으로 가득했다.

"그래."

할머니가 마침내 말했다.

"그래, 나는 변한 것 같아. 진작부터, 훨씬 진작부터 이렇게 할 것을. 자잘하고 어리석은 인생사에 매여, 사는 게 다 그렇다고 착각하기란 참 쉽지. 죽음을 맞아서야 깨달으면 안 되는 건데, 대개는 그러는 경우가 많은 법이야.

크리시, 내가 네 외할아버지를 처음 만나 연애할 때 우리는 할아버지 차로 드라이브를 나가곤 했단다. 그때 그 양반은 머스탱을 몰고 다녔고, 머리가 아주 좋았지. 우린 와트슨 베이나 쿠지까지 드라이브를 나가곤 했어. 몇 시간씩 앉아 파도를 바라보기도 했지. 뽀뽀를 하기도 했지만, 대개는 앞으로 함께 살 계획을 세우며 이야기를 나누었어. 아이를 다섯 낳기로 했지. 아들 셋에 딸 둘. 어딘가에 커다란 집을 짓고, 앞뜰엔 장미를 가득 심고, 뒤뜰엔 텃밭을 가꿀 생각이었지. 나는 병아리들도 키울 생각이었어. 병아리를 참 좋아했거든. 그 양반이 차를 몰고 나갔다가 저녁 때 집에 돌아오면 목욕을 마친 아이들은 모두 발그레하게 분홍색으로 익어 있을 테고, 저녁에는 함께 앉아서 책을 읽거나 라디오를 듣고."

"하지만 할머니한테는 자식이 엄마밖에 없잖아요. 다섯은 커녕."

"그래, 맞아. 나는 아이를 하나밖에 못 낳았어. 결국 커다란 집도 필요 없었던 거야. 키스는 날마다 차를 몰고 나갔고, 약속대로 집에 돌아오면 '귀여운 여자들'이 기다리고 있었지. 할아

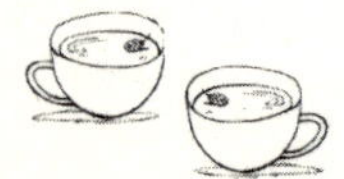

버지는 나와 네 엄마를 그렇게 불렀단다. 목욕을 하고 난 레타는 발그레하게 익은 몸으로 키스에게 안기곤 했지. 하지만 우리는 저녁 때 함께 앉아 시간을 보내지는 못했어. 늘 뭔가 할 일이 있었거든. 레타는 자라서 학교에 갔고, 나는 이런저런 일을 했어. 레타는 자기 나름의 생각을 갖추고 늘 내게 악을 쓰는 다리가 늘씬한 소녀로 자랐지. 그 다음에 키스가 쓰러졌어. 그냥, 어느 날 주저앉은 거야."

"아아, 할머니."

"울지 마라, 크리시. 그러라고 말하는 게 아니니까. 내가 말하고 싶은 건, 나도 한때는 꿈이 있었다는 거고, 살면서 꿈꾸는 방법을 잊어버렸다는 거야. 그런데 네 아빠가 내 마음속에서 꿈꾸던 소녀를 다시 찾게 도와주었단다."

"그런데, 할머니. 누구랑 만난다는 게 사실이에요?"

할머니는 픽 웃더니 매트리스로 몸을 구부려 팔로 나를 감싸 안았다.

"이제까지 난 많은 사람들을 만났단다. 요가 선생님도 만났고, 이탈리아 어 선생님도 만났지. 일 년 내내 시드니에서 만난 사람들보다 지난달에 만난 사람들이 더 많단다."

"제 말은 그게 아니라요."

할머니에게서 향수 냄새가 풍겼다. 할머니에게서 늘 나는 분 냄새가 아니라, 좀 더 진한, 장미향이었다.

"그래, 그래. 누구랑 만나."

"그래서 할머니가 청바지를 사신 거였어요? 엄마는 여태 할머니가 청바지 입으신 건 한 번도 못 봤대요. 아빠는 진작 입으실 걸 그랬대요. 할머니한테 청바지가 잘 어울린다고요."

"아빠는 정말 사려가 깊구나. 그런데, 난 배저 때문에 청바지를 산 게 아니란다. 청바질 한 번도 못 입어 봐서, 혹시 그걸 좋아할 수도 있겠다 싶어서 산 거지."

"배저라는 분이 그 남자 친구예요? 그리고 할머니는 청바지 입는 게 좋으세요?"

슬슬 졸음이 왔다. 실은 할머니가 팔로 나를 감싸 안은 그 순간부터 졸렸었다. 할머니의 향수는 마치 마법의 주문 같았다. 내 머릿속으로 졸음을 부르는 주문.

"그래, 배저가 바로 그 사람이야. 그리고, 그래, 난 청바지를 좋아한단다. 잘 자라, 크리시, 잘 자."

얼마 후 배저 할아버지가 저녁을 먹으러 우리 집에 왔다. 할머니는 엄마의 요리 책이란 요리 책은 모두 식탁에 펼쳐 놓고 부엌을 바삐 돌아다녔다. 할머니는 자신의 요리 솜씨가 별로라고 말했다. 예전이라면 그냥저냥 고기를 구워 식탁을 차렸겠지만, 지금은 우리 모두 채식주의자라 음식 하기가 까다로

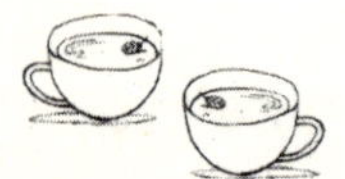

왔다. 엄마가 집에 왔다. 평소 같으면 샤워하러 가서 머리의 기름기를 씻어 내느라 몇 시간씩 걸렸을 텐데, 그날은 앞치마를 두르고 할머니 옆으로 가 소곤거리며 함께 음식을 만들었다. 둘은 라비올리를 만들었다. 할머니는 마치 이탈리아에서 살던 때 같다고 말했다. 부엌에서 평화롭고 따스한 냄새가 솔솔 풍겼다. 엄마가 내게 요리를 돕게 했던 누랄루가 새삼 생각났다. 그러나 이번에는 돕고 싶지 않았다. 그냥 앉아서 엄마와 할머니를 구경하는 게 좋았다.

배저 할아버지는 포도주랑, 할머니와 엄마에게 줄 꽃이랑, 아주 작고 밝은 색이 나는 과일을 가지고 왔다. 그건 초콜릿 상자 같은 데 들어 있었다. 마치 작은 장식품 같았다.

"이게 뭐예요?"

내가 물었다.

"마지팬으로 만든 과일이란다."

할아버지가 말했다.

"꼭 진짜 같아요."

나는 손가락을 내밀어 작은 사과 모형을 조심스럽게 만져 봤다.

"마지팬이 뭔데요?"

"아몬드와 설탕을 반죽해서 꽃이나 과일, 동물 모양을 만드는 거란다."

할머니가 대답했다.

"참 맛있게 생겼군요, 배저."

배저 할아버지는 흐뭇해 보였다. 할아버지는 키가 컸고, 할머니보다도 나이가 많았고, 잿빛 머리칼이 머리 위에 솔처럼 뻗쳐 있었다. 양쪽 입가의 굵은 주름이 마치 할아버지의 미소를 삼켜 버릴 것 같이 보였지만, 막상 할아버지가 빙그레 웃자 그것은 다른 자잘한 주름 속으로 사라져 버렸고, 옅은 회색 눈이 갑작스레 짙어지는 듯했다. 나는 얼른 마주 웃어 줘야 할 것 같았다. 내가 안 웃으면 할아버지가 내게서 눈길을 돌려, 내가 반가워하고 있다는 걸 모를 수도 있으니까.

"왜 배저라고 불러요?"

나중에 할머니에게 물어봤다.

"웃기잖아요."

"약간 오소리(Badger는 오소리라는 뜻.)처럼 생겼잖니."

할머니가 말했다. 할머니는 거실에서 요가를 하는 중이었다.

"애, 크리시. 내가 요가를 처음 시작했을 때 얼마나 뻣뻣했는지 기억나니?"

"그게 무슨 말이에요? 오소리처럼 생겼다는 게?"

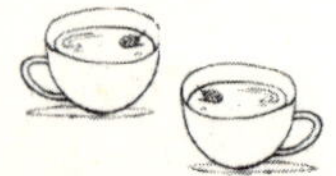

"너, 『버드나무에 부는 바람』이란 책 읽어 봤니? 거기에 '배저 아저씨'라는 오소리가 나오지?"

"어렸을 때요. 근데, 그건 그냥 이야기책이잖아요."

"흠. 오소리는 은밀하고 수줍음이 많은 짐승이야. 재미있고 매력적이고 아주 매혹적인 줄무늬를 갖고 있지."

"오소리는 줄무늬가 없어요."

"그랬나?"

할머니는 되물으며 빙그레 웃었다.

"그렇지만 그 양반은 아주 매력적이야."

"엄마, 할머니는 사랑에 빠졌어."

엄마가 오후 교대를 마치고 왔을 때 내가 말했다.

"배저 할아버지랑 사랑에 빠졌다고."

"말도 안 돼. 두 분은 그냥 친구일 뿐이야."

엄마가 말했다.

"할머니가 그 할아버지는 아주 매력적이래. 어, 그리고 할머니가 빙그레 웃을 때 뭔가 느낌이 있었어."

"무슨 느낌?"

"사람들이 뽀뽀하고 싶어서 미소 지을 때 나는 느낌."

"아주 소설을 써라, 크리시."

"크리시 말이 맞아."

엄마 뒤에서 올라오던 아빠가 엄마의 목덜미에 뽀뽀하며 말했다.

"두 분은 사랑하고 있어, 정말 멋지지 않아? 노인 요가반에 사뿐사뿐 들어갔다가 뽀뽀하고 싶어 저절로 미소 짓게 만드는 사람을 만나다니. 정말 멋진 일이야, 레타."

"윽, 정말 싫다."

엄마가 말했다. 엄마는 오래오래 샤워를 했다. 목욕탕 밖으로 나왔을 땐 윤을 낸 것처럼 반짝반짝했다.

"그게 왜 싫은 거예요?"

나는 아빠에게 물었다.

"왜 엄마는 싫어해요? 할머니랑 배저 할아버지 사이 말이에요."

"엄마는 슬픈 거야."

아빠가 말했다.

"슬프면 모든 게 힘들어져, 뽀뽀까지도."

"아빠도 슬퍼요?"

그 말이 나오는 순간, 나는 내 입을 꿰매 버리고 싶었다. 하지만 말은 이미 튀어나와 하늘의 메시지처럼 공중에 둥둥 떠다니고 있었다.

"물론 슬프지."

아빠가 말하며 내 머리를 쓰다듬었다.

"엄마와 너, 너희 둘만 남겨 두고 떠나야 해서 슬퍼. 가끔은 너무나도 슬퍼서 참기 힘들 때도 있어. 하지만 나는 그래도 가는 사람이니까 괜찮아. 날마다 내 몸은 조금씩 포기해. 그러면서 조금씩 이 세상과 멀어지는 거지. 날마다 이번 생의 작은 조각이 또 하나 내게서 빠져나가는 게 느껴져. 내 몸은 내게 떠나는 방법을 가르쳐 주고 있단다. 애써 알려고 하지 마라, 크리시. 하지만 이건 기억해 줘. 내 마음은 슬프지만 또한 작별하는 법을 천천히 배우고 있다는 걸. 그리고 나도 할머니가 여기 계셔서 참 좋단다. 너는 옳은 일을 한 거야. 네가 용감한 여자 애라서 아빠는 기분이 좋아. 네가 얼마나 용감한지 아니까. 넌 정말이지 엄마의 딸다워."

"더 이상 듣고 싶지 않아요."

내가 말했다.

우리는 그런 대화를 나누었다. 아빠랑 나랑, 또 할머니랑 나랑. 우리는 내가 원하면 언제든 이야기를 중단시키기로 협정을 맺었다. 내가 감당 못할 얘기면 그냥 내 방으로 가면 되었다. 아니면 봉고와 함께 강으로 가서 진흙 냄새를 맡고, 너무 더러워지면 집 안으로 들어가기 전에 뒷마당에서 호스로 물을 뿌려

닦으면 되었다.

"제가 그렇게 더러운 꼴을 하고 다니는 건 못 참으셨잖아요."

퇴근한 엄마가 할머니가 나를 호스로 씻어 주는 것을 보고 말했다.

"그랬지."

할머니가 끄덕였다.

"그때는 나도 참 한심했다, 레타. 네가 완벽하기를, 내가 얼마나 좋은 엄마인지를 세상에 보여 주려고 했으니까. 정말 미안하구나. 난 말이다, 네가 늘 깨끗하고 깔끔하면 안전할 거라고 생각했어. 달리 어찌해야 할 바를 몰랐어. 널 보호하기 위해서 말이야."

"내가 그러고 들어왔으면 어머니는 절대 마당에서 호스로 씻겨 주지 않았을 거예요. 아마 등짝이나 한 대 후려치고 세탁장 쪽으로 끌고 갔겠죠. 그리고 온몸이 빨개질 때까지 날 박박 문질러 댔겠죠. 어머니는 정말 끔찍하고도 잔인했어요. 어린 애들을 혐오했죠. 내가 집 안을 어질러 놓으면 너무너무 싫어했어요. 그런데 지금은 왜 이렇게 짜증나게 착한 척하는 거죠? 애한테는 왜 이렇게 완벽한 엄마처럼 구시는 거냐고요? 나한테는 한 번도, 단 한 번도 다정하게 대해 준 적이 없잖아요?"

할머니는 호스를 떨어뜨리고 엄마를 껴안았다. 내가 물을

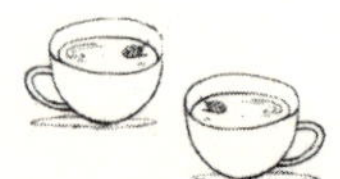

뚝뚝 흘리며 서 있는데도 둘은 신경 쓰지 않았다. 엄마는 여전히 소리를 질렀지만 무슨 소린지 잘 들리지 않았다. 할머니의 어깨에 얼굴을 파묻은 채 소리 지르고 있었으니까. 그래서 나는 무슨 말인지 들을 수도 없었고, 듣고 싶지도 않았다.

"할머니는 끔찍한 엄마였어요?"

그날 밤 할머니에게 이렇게 물어보았다.

"진짜로 어린애들을 무지 싫어했어요?"

"난 내 집을 사랑했어."

할머니가 말했다.

"원래 키스와 내가 지으려던 집이 아니라도 좋았어. 나는 그 집을 사랑했어. 그 집이 우리 집이고 완벽한 집이라서. 그때는 사람들이 그런 걸로 사람을 평가했거든. 아이가 깔끔하고 단정하고, 집이 예쁘고 먼지 하나 없어야 그 집 주부를 좋은 아내이자 엄마라고 여겼단다. 그리고 맛있는 효모 빵도 만들 줄 알아야 했고."

할머니가 베개에 몸을 푹 파묻으며 말했다.

"난 타고난 가정주부는 아니었어. 난 매일 똑같은 일을 반복하면서, 오로지 깔끔한 것만 보여 줬지. 티끌 하나 없이 깔끔한 것, 정리 정돈이 잘되어 깔끔한 것. 나는 날이면 날마다 마루를 닦고, 청소하고, 집안을 정리했어. 그래, 난 재미있는 엄마는 아니었어."

"엄마는 재미있었어요."

내가 말했다.

"누랄루에서요. 저와 함께 요리를 하곤 했어요. 바닥에 밀가루가 아무리 많이 떨어져도 신경 쓰지 않았죠. 그럼 아빠는 탁자에서 우리를 스케치했고요."

"네 엄마는 나보다 훨씬 더 좋은 엄마일 거다, 내가 알지."

"엄마는 변했어요. 그리고 할머니도 변했어요. 아주 뒤죽박죽이에요."

나는 옴죽옴죽 몸을 돌려 할머니 쪽으로 돌아누웠다.

"엄마는 너무나 딱딱해졌어요. 엄마는 갓 구운 생강 과자처럼 틱틱거리는데, 할머니는 부드러워졌어요."

"내 장딴지와 종아리 근육은 빼고."

할머니가 깔깔거렸다.

"걱정마라, 크리시. 엄마도 앞으로는 틱틱거리지 않을 거야. 남들보다 할 일이 많아서 그럴 뿐이야."

"엄마는 일할 필요가 없어요."

내가 말했다.

"아빠가 그러는데, 엄마가 그렇게 일을 많이 할 필요는 없대

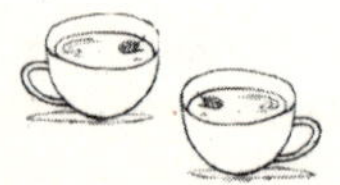

요."

"그래도 한동안은 일을 해야 할 거다. 엄마 자신을 위해서. 사람이 꼭 돈 때문에 일하는 건 아니란다. 나도 키스가 세상을 떠났을 때 일을 하고 싶었단다. 하지만 너희 엄마가 학교에 가고 나면 난 바로 침대로 숨어들곤 했지. 되도록 오래오래 자려고 했어. 홀로 있다는 걸 느낄 필요가 없도록."

"그럼 할머니는 왜 직업을 안 가졌어요?"

할머니는 어깨를 으쓱했다.

"뭘 해야 할지 몰랐거든."

"그래서 내내 잠만 주무신 거예요?"

"그렇다고 볼 수 있지. 일 년, 어쩌면 이 년 내내 잠만 잤지. 백설 공주처럼."

"그럼 배저 할아버지가 할머니를 깨운 거예요?"

나는 배저 할아버지가 할머니를 깨우려고 몸을 굽혀 뽀뽀하는 장면을 상상하며 풋, 웃었다.

"난 느릿느릿 깨어나고 있었던 것 같아. 여러 해 동안 아주 조금씩 조금씩. 그리고 이번에는 배저 할아버지뿐 아니라 모든 것이, 데이브, 요가, 네 엄마, 그리고 크리시 너, 이 모든 것이 마침내 내가 눈을 반짝 뜨게 만든 거지."

"그럼 앞으로 엄마도 잠을 잘 건가요? 어…… 그러니까 아빠가……."

"아니야. 엄마는 잠을 자지 않을 거다, 크리시. 널 위해 깨어 있어야 해. 그래서 지금 네 엄마가 그토록 열심히 일하고 있는 거란다."

무슨 말인지 다 이해가 가진 않았다. 할머니가 진짜로 그렇게 오랫동안 잤을 것 같진 않았다. 하지만 나는 또한 사람이 슬픔에 사로잡히면 얼마나 지치는지를 알고 있었다. 슬픔은 전에 본 산꼭대기 위의 구름처럼 우리 집 위에 내려앉아 있었다. 그리고 우리는 그 슬픔을 천천히 통과해 지나가야 했다. 마치 구름이 짙은 안개로 변했을 때처럼. 우리의 일상 하나하나는 우리가 감당할 수 있는 것보다 더 많은 노력을 요구했지만, 할머니는 이 시기를 가볍게 통과하는 것 같았다. 아마 다리를 튼튼하게 해 주는 요가 덕분인 것 같았다. 아니면 오래전에 잠을 미리 푹 자 둔 덕분인지도 몰랐다. 엄마가 악을 쓰며 반항하던 십 대였을 때.

어느 날 밤, 데이트를 나갔던 할머니가 배저 할아버지랑 함께 왔다. 싱글벙글하는 두 분의 모습에서 무언가 비밀스런 냄새가 풍겼다. 배저 할아버지가 우리 방 밖의 복도에서 할머니에게 속삭였다.

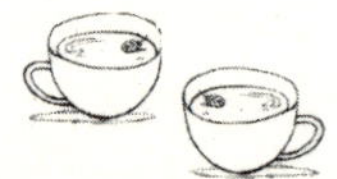

"나, 가지 말까?"

"아니, 가는 게 좋겠어요."

할머니가 말했다.

"아이들한테 비난받을까 봐 걱정돼요."

할아버지가 돌아가고 난 후 할머니가 폭탄선언을 했다. 배저 할아버지네로 거처를 옮기겠다는 것이었다.

"설마 이러실 줄 몰랐어요."

엄마가 말했다.

"어떻게 어머니 연세에 이렇게 어리석게 구실 수가 있어요?"

"가지 마세요."

나도 거들었다.

"할머니, 가지 마세요."

"나도 가기 싫어, 데이브."

할머니는 아빠를 향해 말했다.

"나도 지금 이러는 게 아닐지도 모른다는 건 알아. 하지만 그렇게 생각하지 않기로 했어. 자네와 레타는 함께 있어야 해. 배저와 나도 그래야 하고. 멀리 가진 않을 거야. 그저 여기서 하루 종일 살지 않는다 뿐이지."

"왜 꼭 가야 해요?"

엄마가 으르렁거렸다.

"타당한 이유를 하나 대 보시라고요. 데이브와 내게 준비할 시간이 있어야 한다는 둥 그런 쓸 데 없는 이유 말고요. 우린 어머니가 필요해요. 크리시도 할머니가 필요하고요. 어머니는 여기 계셔야 한다고요."

엄마는 방에 들어가 문을 쾅 닫아 버렸다. 엄마가 화장대 위의 물건들을 쾅쾅 내려놓는 소리가 들려왔다. 잠시 후 엄마가 머리빗을 마구 흔들어 대며 나왔다.

"무슨 권리로 어머니만 행복해야 하는데요?"

엄마는 소리를 질렀다.

"왜 어머니한테만 미래를 계획할 권리가 있는 거냐고요!"

그러더니 머리빗을 집어던졌다. 빗이 할머니 발 앞까지 튕겨 나갔다.

"애야, 난 네게 뭐든지 다 줄 작정이다."

할머니가 말했다.

"뭐든지 말이야. 내 폐를 떼어 줄 수만 있다면 그렇게라도 하겠어. 하지만 할 수 없잖니. 할 수가……."

할머니는 엄마에게 다가갔다. 그러고는 할머니가 늘 걸고 다니던 기다란 호박 목걸이를 빼서 엄마의 목에 걸어 주었다. 엄마는 잘 모르는 것 같았다. 손으로 눈을 가리고 꺽꺽 울고 있었기 때문이다.

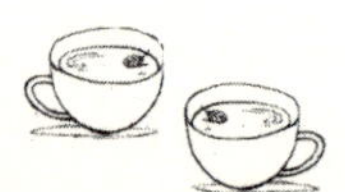

진짜로 우리는 늘 할머니를 볼 수 있었다. 할머니는 거의 매일 집에 들렀고, 우리도 할머니가 계신 곳에 놀러 가곤 했다. 할머니 대신 엄마가 항상 그 호박 목걸이를 하고 다닌다는 것만 빼면 할머니가 이 집을 떠나셨다는 느낌은 전혀 없었다. 엄마는 조금씩 부드러워지는 것 같았다. 그날 오후에 박살난 건 빗뿐만이 아니라, 엄마 자신을 둘러싸고 있던 벽이었다는 듯. 엄마는 정신을 놓지 않으려면 일을 해야 한다면서 여전히 비스트로에 나갔지만, 연달은 교대 근무와 주말 근무를 그만두고 전보다 자주 집을 지켰다. 학교 갔다 오면 가끔 엄마와 아빠가 소파에 누워 있는 게 보였다. 이야기를 하거나 텔레비전을 보는 게 아니라 그냥 같이 누워 있는 거였다. 그러면 나는 잠깐 동안 모든 것을 잊었다. 엄마 아빠가 그러는 모습을 보는 게 그저 행복하기만 했다.

할머니는 엄마에게 새 빗을 선물했다. 나무 손잡이가 달린, 빳빳한 돼지털로 만든 빗이었다. 잃어버리지만 않으면 평생 간직할 수 있는 빗이라고 할머니는 말했다. 영국제로, 데이비드 존스에서만 파는 물건이었다. 엄마는 머리 감는 게 번거롭고 기름 냄새가 난다며 머리를 짧게 잘랐다. 그래도 밤마다 할머니가 주신 빗으로 정성껏 머리를 빗었다. 우선은 내 머리를 백 번, 그 다음엔 엄마 머리를 백 번. 그럴 때 엄마는 호박 목

걸이에 빗이 걸려 줄이 끊어질까 봐 목걸이를 빼서 내 목에 걸
어 주었다. 엄마가 백까지 세며 내 머리를 빗질해 줄 때면 나
도 함께 꿀색 알을 세곤 했다. 나는 그 호박에 특별한 의미가
깃들어 있다는 것을 알게 되었다. 그 목걸이는 배저 할아버지
말고, 내 외할아버지가 할머니랑 약혼할 때 준 것이라고 했다.
할아버지는 세계 대전에 참전했다가 그 목걸이를 가지고 돌아
왔다. 할머니는 호박이 영원을 뜻한다고 말해 주셨다. 그러면
서 호박 안에 갇혀 있는 작은 생명체들과 곤충의 일부분과 날
개들도 보여 주셨다. 그 바람에 나는 영원하다는 게 좋은 건지
나쁜 건지 헷갈리고 말았다.

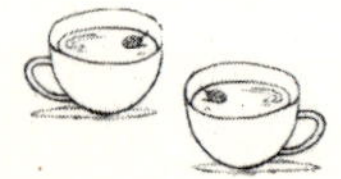

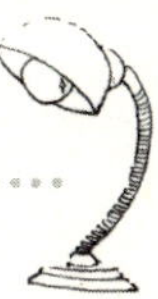

나는 이런 사실을 알게 되었다.

다미앵 신부는 1873년에 하와이 몰로카이 섬 북단에 있는 칼라우파파의 나환자촌에 도착했다. 그곳에서 나환자들을 돌보던 다미앵 신부는 자신도 나병에 감염되어 1889년에 사망했다.

나는 나병이란 손바닥에 작은 반점들이 생기는 걸로 시작되는 경우가 많다는 것을 알게 되었다. 챕맨 선생님은 그것을 나병이라고 부르면 안 된다고 말했다. 원래는 한센병인데 아직도 교과서에 나병이라고 나오는 걸 보면, 퀸즐랜드가 교육 문제에 있어 얼마나 뒤떨어졌는지 알 수 있다는 것이었다.

내 손바닥에도 작고 빨간 반점이 하나 있다. 누랄루에 살 때는 본 기억이 없는데 주근깨나 사마귀가 아니라, 분명 반점이었다. 꼭 누가 빨간 볼펜이나 끝이 뾰족한 컴퍼스로 콕 찌른 것처럼 생겼다. 살갗에 피가 맺힐 정도로 세게 누른 게 아니라, 그냥 살갗 바로 밑에서 피가 배어 나와 빨간 반점이 생길 정도로만 콕.

나는 밤에 손가락이나 코가 문드러지는 꿈을 꾸다 소스라쳐 일어나곤 했다. 꿈속에서 나는 그런 일이 생긴 줄도 모르고 무심히 거울을 보았다가, 왜 길거리나 슈퍼마켓에서 사람들이 나를 보고 등을 돌려 버렸는지를 깨달으며 몸서리를 쳤다. 내가 비명을 지르면 아빠가 와서 나를 안고 가만가만 흔들어 주었다. 아빠는 그때마다 무슨 꿈을 꾸었느냐고 물었지만 나는 절대 말하지 않았다. 아빠의 폐가 진짜 뜨거운 반점들, 매순간 증식하고 있는 암세포로 뒤덮이고 있는 상황에서 내가 나병에 걸린 꿈 얘길 하는 건 너무 가혹할 것 같았다.

나는 다미앵 신부가 나오는 부분이 무척 싫었지만, 나도 모르게 자꾸만 되풀이해서 읽게 되었다. 나병은 따끔따끔 쑤시는 증상으로 시작되어 손가락, 발가락 등 팔다리가 마비되고 손가락이 썩기 시작한다. 책에서는 다미앵 신부가 고해 성사를 할 때, 살점이 썩어 들어가는 냄새 때문에 코를 막아야 할

때도 있었다고 씌어 있었다. 처음에 다미앵 신부는 나환자들
의 오두막에서 머물지 않고 밖에서 잤다. 그리고 평평한 돌에
음식을 놓고 먹었다고 한다. 나는 평평한 돌이든 식탁이든 어
떻게 음식을 먹을 수 있었는지 도저히 이해가 되지 않았다. 나
환자들은 손가락과 발가락이 떨어져 나가고 코가 주저앉고 결
국은 죽게 되지만 몸의 감각이 다 사라져서 아무 고통도 느끼
지 못한다.

오스트레일리아에도 북쪽 지방에서 나병이 발생한 경우가
있었다. 퀸즐랜드에는 나환자촌이 있었다. 인도에는 아직도
나환자촌이 있다. 나병의 문제 중 하나는 피부가 굳어 아무 고
통도 못 느끼기 때문에, 무시무시한 화상을 입고도 모를 수 있
다는 점이다. 나는 빨간 반점 주위의 두터워진 살을 핀으로 찔
러 보았다. 피가 나올 때까지 점점 세게 찔렀다. 뾰족한 것으
로 찔리는 느낌을 제대로 느낄 수 있는지 확인해 보고 싶었다.
어떤 때는 다른 때보다 더 세게 찔러야 할 것 같기도 했다. 언
젠가는 거의 아무 느낌도 없을 때가 오겠지.

엄마는 비스트로에서 유리잔을 씻느라 손이 거칠거칠했다.
물에 변성 알코올을 약간 넣고 씻어야 유리잔이 반짝거리기
때문이다. 엄마는 가끔 오븐에서 달궈진 냄비 따위를 꺼내다
가 데는 것 같았다. 나는 엄마에게 특히 많이 덴 부분은 아프

냐고 물었다. 엄마가 말했다.

"아니, 잘 모르겠어. 그리고 별로 아프지도 않고. 하지만 보기엔 징그럽지."

우리의 눈길은 엄마 엄지손가락 근처의 부푼 자국에 쏠렸다.

내 손바닥의 빨간 반점이 처음보다 더 커졌는지, 아니면 핀으로 찔러서 더 커 보이는지는 확실하지 않았다. 때때로 나는 손가락이 핀과 바늘에 찔린 듯이 따끔거리는 느낌을 받았다. 아침에 눈을 떴을 때 그럴 경우가 많았고, 왼손이 주로 그랬다. 나는 잠자리에 들 때면 그 손을 머리 밑에 넣었다. 아빠가 자신의 고통에 대해 기록하고 있는 것처럼 나도 내 증상을 기록해야 하나 고민스러웠다.

금요일 오후에 운동을 했는데 왼손 넷째 손가락이 얼얼했다. 난 그만 소스라치게 놀라 서둘러 집으로 향했다. 그리고 집에 도착하자마자, 가끔 작은 불꽃을 일으킬 때 쓰곤 했던 낡은 확대경으로 손바닥을 들여다보았다. 빙글빙글 도는 선들이 무지 커 보였다. 그 반점이 주근깨가 아닌 건 확실했다. 엄마가 땀띠라고 부르는 작은 뾰루지도 아니었다. 사마귀도 아니었다. 상처도 아니었다. 오로지 한 가지 경우밖에 생각할 수 없었다…….

나병으로 죽는 데는 오랜 시간이 걸린다. 그래서 그 병이 끔

찍하고 무서운 거다. 몸이 슬금슬금 굳어 가면서 마비가 온다. 내 손가락처럼. 그 손가락만 생각하면 마음이 저렸다.

엄마는 가끔 터키옥과 인도산 청금석 반지를 끼는데, 언젠가 나도 주말 내내 그 반지를 낀 적이 있었다.

아무리 그게 인도산이라 해도 반지가 나병 균을 옮길 리는 없었다. 게다가 반지를 넷째 손가락에 낀 것도 아니었다. 엄지 손가락에 끼었지. 그런데…….

나는 엄마가 손을 가꾸느라 끼던 낡은 면장갑 한 짝을 발견했다. 손에 수분 로션을 골고루 바르고 장갑을 끼고 자면, 아침에는 손이 갓난아기의 볼기보다 더 부드러워진다. 그러나 엄마는 장갑을 끼고 자면 무척 덥다고 말했다. 그리고 어쨌든, 비스트로에서 설거지를 해야 하니 손을 부드럽게 해 봤자 곧 거칠어진다고 했다.

좀 덥기는 하겠지만 왼손에 장갑을 끼기로 했다. 그러면 굳어 가는 피부와 드러나는 빨간 반점을 나도 볼 수 없고, 남도 볼 수 없을 테니까.

장갑을 끼고 학교에 가니 챕맨 선생님이 웬 장갑이냐고 물었다.

"알레르기 때문이에요."

선생님은 더 이상 묻지 않았다.

"알레르기야."

반 아이들에게도 말했다.

"크림도 발랐어. 봐, 장갑을 끼면 손에 크림이 잘 배. 난 잘 때도 이걸 끼고 자."

"너, 손톱 기르고 있니?"

아빠가 아침 식사 중에 물었다.

"아니면 요즘 장갑 끼는 게 유행이니?"

엄마는 비스트로에서 아침 근무 중이었다. 우리가 시리얼로 아침을 때우고 있는 동안, 엄마는 팁을 아주 넉넉하게 주는 미국인 사업가들에게 반숙 달걀과 베이컨을 갖다 주며 벌써 세 시간째 일하고 있었다.

"별거 아니에요."

나는 장갑 낀 손을 식탁 밑으로 넣으며 말했다.

"학교 일 때문에 그래요."

챕맨 선생님이 '나의 영웅'이라는 주제로 작문을 써 내라고 했다. 나는 다미앵 신부를 선택했다. 다미앵 신부를 고른 이유는 그가 결국엔 나병에 걸려 죽을 거라는 걸 알면서도 나환자들과 함께 살며 그들을 도왔기 때문이라고 썼다. 또한 그가 젊은 나이에 죽었고, 죽을 때까지 하던 일을 계속했기 때문이라고도 썼다. 나는 장갑 낀 손을 무릎 위에 놓고 그 글을 썼다.

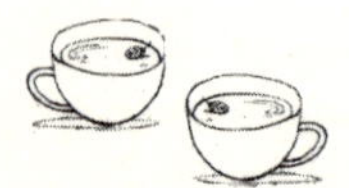

역사 교과서에 나온 다미앵 신부의 사진을 보고 그림을 그려서 작문 숙제 왼쪽 귀퉁이에 붙였다. 그것은 다미앵 신부가 나병에 걸리기 전의 사진이었다. 낡은 안경을 끼고, 손에는 십자가를 꼭 쥐고 있었는데 남달리 잘생긴 것 같진 않았다. 입이 너무 컸다.

꼭 그럴 필요가 없는데 죽는 게 진짜로 영웅적인 것일까? 우리 아빠는 스스로 죽음을 선택한 게 아니라서 영웅적이지 않은 건가? 아빠가, 그림을 그리는 대신 우리 모두를 데리고 사람들이 날마다 굶주리는 아프리카로 가 산다면 더 영웅적인 게 될까? 내가 아주 젊은 나이에 죽는다면, 내 왼손 바닥에서 손가락 끝으로 느릿느릿, 아주 느릿느릿 번져 가는 것 같은 나병으로 끔찍스런 죽음을 맞이한다면, 나도 영웅 대접을 받게 될까?

다미앵 신부에 대해 곰곰이 생각할수록 나는 점점 더 그 사람이 싫어졌다. 다미앵 신부는 도대체 어떻게 하다가 나환자들이 하느님에 대해 알고 싶어 한다고 생각하게 된 걸까? 만약 손가락 끝이 문드러지고 코가 주저앉는다 해도 기도하고 싶어질까? 디는 자기 아빠가 죽어 간다 해도 성당에 나가고 싶을까? 영웅이 되려면 왜 꼭 죽음을 각오해야 하는 걸까?

나는 아예 장갑을 벗지 않았다. 심지어 손을 씻을 때도. 어차피 손이 더러워지지도 않으니까. 어쨌든 손이 더 빨리 썩어 들어갈까 봐 물을 묻히고 싶지 않았다. 더 이상 손을 찌르지도 않았다. 나는 품위 있는 새하얀 장갑 속에서 무슨 일이 일어나고 있는지 알고 있었고, 그 기분은 끔찍했다.

챕맨 선생님께 다미앵 신부에 대한 글을 냈다. 그가 어떻게 썩어 들어가는 살 냄새를 피하기 위해 밖에서 자게 되었는지, 그러나 그 다음에는 어떻게 혐오감을 극복하고 나환자들과 함께 식사를 하게 되었는지, 그것도 맨손가락으로 환자들과 같은 그릇을 사용해 함께 먹게 되었는지에 대해 자세히 묘사했다. 그리고 그가 어떻게 자기의 건강은 돌보지도 않고 나환자들의 상처를 씻어 주게 되었는지도.

다른 아이들은 대개 스포츠계의 영웅이나 영화배우에 대해 썼다. 군인이었던 자기 할아버지에 대해 쓴 아이도 있었다. 챕맨 선생님은 내 글이 독창적이긴 하지만, 다음번엔 좀 덜 우울한 주제로 쓰기를 바란다고 하셨다. 선생님은 말했다.

"알레르기 때문이라는 거 확실하니, 크리시? 장갑을 너무 오래 끼고 있는 거 아니니?"

"물로 씻어요."

내가 말했다.

"비누칠도 하는데요, 뭐."

학교에서 돌아오니 아빠가 식탁 앞에 앉아 있었다.

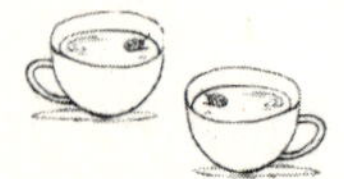

"주전자 좀 올려라, 크리시."

아빠가 말했다.

"그리고 이리 와서 비스킷 먹으렴."

아빠는 비스킷에 크림을 넣은 아이스드 보보를 꺼내 주었고, 나는 앞니로 분홍색 크림을 갉아 먹었다.

"학교에선 재미있었니?"

아빠가 내 옆에 앉으며 물었다.

학교에서 했던 것 중 아빠한테 재미있을 만한 건 하나도 생각나지 않았다.

"그저 그랬어요."

"그래도 뭘 하긴 했겠지?"

아빠가 말했다.

"늘 똑같죠, 뭐."

아빠는 내 왼손 옆에 앉아 있었는데 장갑 낀 손을 자주 눈여겨보는 것 같았다. 나는 그 손을 무릎 사이에 끼우고 얼른 비스킷을 또 하나 집어 들었다.

"크리시."

아빠가 말했다.

"안 좋은 일이 생기면 아빠한테 말해 줄 거지?"

나는 아빠를 뚫어져라 쳐다봤다.

"네? 그게 무슨 말이에요?"

나한테 그런 걸 묻다니, 아빠는 뭔가 잊어버린 게 아닐까? 이를테면 아빠 자신의 문제 같은 거.

"학교에서 말이야."

아빠가 다독이며 말했다.

"학교에서 무슨 일이 생기면 나한테 얘기할 거지?"

"학교에선 아무 일 없어요."

내가 말했다.

"진짜예요."

우리는 잠깐 가만히 앉아 있었다. 부엌문이 살짝 열리며 산들바람이 살랑살랑 들어왔다. 아빠는 몸을 떨었지만, 나는 안도하며 빨개진 얼굴을 그쪽으로 돌렸다.

"손 좀 보자."

아빠가 불쑥 말했다.

"크리시, 그 장갑 벗어 봐라."

"네?"

"장갑 말이야, 크리시. 벗어 봐."

"싫어요."

나는 무릎을 꼭 조였다.

"안 벗을래요."

아빠가 내 손목을 확 잡아당겼다. 나는 얼른 부엌 의자를 움켜잡았다. 아빠의 얼굴을 흘긋 보니, 그런 행동이 아빠 마음을 상하게 하는 것 같았다. 난 하는 수 없이 문드러져 가는 끔찍한 내 손이 이끌려 가게 놔뒀다. 아빠는 장갑을 벗겼고, 아빠와 나는 그 손을 내려다보았다. 마치 작고 병든 동물인 양.

그런데 그건 그냥 손이었다. 손톱이 다른 쪽보다 길지만 그저 고만고만한 연약한 손. 반점 하나 없는 투명한 피부가 손가락 쪽으로 주욱 연결되다가, 내 지문을 이 세상에서 유일한 것으로 만들어 주는 손바닥의 손금과 나선들로 이어졌다. 컴퍼스로 찌른 자국은 이미 사라지고 없었다. 작고 빨간 반점도 마찬가지였다. 나는 내 손바닥과 손목 사이를 꼬집어 보았다.

"아얏!"

"왜 꼬집니?"

아빠가 물었다.

"그냥 확인하는 거예요."

"손톱이 예쁘구나."

아빠가 내 손을 잡고 꼼꼼히 들여다보며 말했다.

"장갑을 낀 후로 많이 자랐어."

아빠는 내 손을 뒤집어서 손바닥을 보았다. 그리고 내가 미처 손을 빼기도 전에 반점이 있던 바로 그 자리에 입을 맞췄다.

"아빠!"

내가 말하며 손을 홱 뺐다.

"왜?"

"옮을지도 몰라요."

"뭐가, 크리시? 다래끼?"

"나병이요."

나는 얼른 손을 엉덩이 밑에 숨기며 말했다.

"나병이라니."

아빠는 몸을 의자에 깊숙이 파묻고 한참 웃어 대다가 결국 기침을 하기 시작했다. 나는 얼른 아빠에게 물을 갖다드렸다.

"세상에, 크리시."

천천히 물을 마신 아빠가 목을 가다듬으며 말했다.

"어이구, 이 꼬맹아."

"다미앵 신부가 나병에 걸렸어요. 그리고 20세기 초반에 퀸즐랜드에도 나환자들이 있었대요. 인도에는 아직도 있대요. 사람들이 나병으로 죽는다고요. 그게 뭐가 우스워요?"

"미안, 미안."

아빠가 말했다.

"그런데 왜 나병에 걸렸다고 생각한 거지?"

"반점 때문에요."

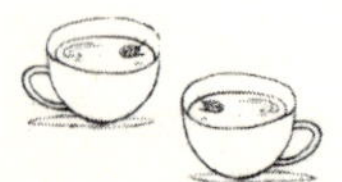

내가 말했다.

"진짜예요. 여기에 반점이 생겼었다고요. 그 다음에 손가락이 마비가 되었어요. 또 코가 없어지는 악몽을 계속 꾸었고요. 그러니까 맞잖아요, 그렇죠?"

아빠는 장갑을 집어 쓰레기통에 버렸다.

"이건 더 이상 필요 없을 것 같구나."

아빠가 말했다.

나는 다미앵 신부에 대해 쓴 글도 버렸다. 구태여 아빠한테 말하진 않았지만.

"아빠의 영웅은 누구예요?"

저녁 때 아빠에게 물어보았다. 소파에서 책을 읽고 있던 아빠가 가슴에 책을 덮으며 대답했다.

"글쎄다. 레오나르도 다빈치라고 할 수 있을까? 그래, 레오나르도."

"왜요?"

"그는 세상에 대해 끝없는 호기심을 갖고 있었어. 그리고 예술가로서도 나쁜 편은 아니었지."

아빠가 말했다.

"그에게는 공책이 있었지. 네 〈자연 관찰 일지〉 같은 거야.

파도의 움직임, 구름의 생성, 꽃들이 피고 지는 것 등 세상 만물의 변화 과정을 자세히 관찰한 그림을 그려 놓았지. 그는 멈춰 서서 들여다보고, 기록하고, 궁금하게 여겼어. 그는 내 영웅이야. 내 책장에 그의 드로잉 책이 있단다. 보고 싶으면 보렴."

나는 다음 날, 챕맨 선생님 책상 위에 편지를 놓았다. 오해가 있다면 풀고 싶었다.

챕맨 선생님께

다미앵 신부는 이제 제 영웅이 아니라는 걸 알려 드리고 싶어서 편지를 썼어요. 일부러 죽어 간다는 건 낭비라고 생각해요. 제가 만약 나환자라면, 누군가가 치료법을 찾고 있기를 바라겠어요. 암 치료법을 찾고 있는 것처럼요. 그냥 기도만 하지 말고요. 레오나르도 다빈치는 진정한 제 영웅이에요. 그가 만약 조금 더 나중에 태어났더라면 치료법을 찾아냈을 거예요.

크리시 그레인저 올림

쉬는 시간에 챕맨 선생님이 답장을 주었다.

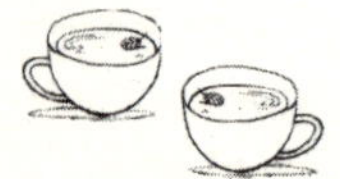

크리시에게

레오나르도를 선택한 건 정말 훌륭하구나. 그가 비행기
를 발명했다고도 볼 수 있는 거, 아니? 나와 하고 싶은
이야기가 있으면 언제든 찾아오렴.

윌리엄 챕맨

놀이터에서 놀고 있는데 챕맨 선생님이 다가와 또 한 번 같
은 말을 했다. 나는 선생님께 감사하지만, 지금은 진짜로 괜찮
다고 말씀드렸다. 나는 정글짐에서 신나게 노는 중이었다. 전
에는 장갑이 미끄러워 못했었다. 선생님은 내가 맞은편으로
흔들흔들 건너가는 것을 구경했다.
"알레르기는 이제 괜찮니?"
선생님이 물었다.
"알고 보니 아니었어요."
내가 말했다.
"그냥, 조금 지나면 저절로 없어지는 거였어요."
"다행이구나."
선생님이 말했다.
"항상 장갑을 끼고 있으려면 불편하지."

나는 나병에 걸린 것만큼 불편한 건 아니에요, 라고 말하고
싶었지만 아무 말도 하지 않았다. 그리고 다시 정글짐에 매달
려서 이리저리 왔다 갔다 했다. 마침내 수업 종이 울렸다. 팔
이 아파 왔고 손에서는 금속과 녹 냄새가 났지만, 점심시간쯤
되면 내 팔은 내 몸의 무게와, 정글짐에서 한 칸 한 칸 힘겹게
옮겨 갈 때 느꼈던 무게감을 잊을 게 분명했다. 그러나 나는
그것을 다시 할 것이다. 그냥, 내가 할 수 있기 때문에.

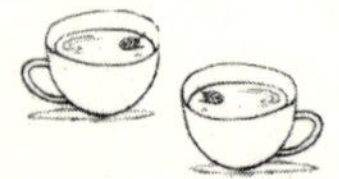

낸 할머니는 말했다. 사람들이 의사가 예측하는 것보다 훨씬 더 오래 사는 경우가 있는데, 그건 해야 할 일, 즉 아직 끝내지 못한 일이 있기 때문이라고. 꼭 작별 인사를 하고 싶은 사람을 만나야 한다든가, 갓난아기의 탄생이나 결혼 같은 것을 봐야 한다든가. 의학적으로 보면 죽었어야 하는 때 이들이 계속 살아 있는 건 그 때문이다. 낸 할머니는 아빠한테는 전시회가 아빠의 삶의 의지를 이어 주는 끈이라고 여겼다.

아빠의 그림 중개상 게이블 아저씨가 조수 두 명과 함께 왔다. 아저씨는 그들을 '쫄다구'라고 불렀다. 상당히 무례하게 들리는 표현이었다. 게이블 아저씨는 땀을 잘 흘리고 몸집이 큰 사람으로 커다란 바지를 꽃무늬 멜빵으로 지탱하고 있었다. 아무도 그 아저씨를 '게이블 씨'라고 부르지 않았다. 심지어 그의 쫄다구들조차 그 정도면 충분하다는 듯 '게이블'이라고 불렀다.

"게이블, 미국에서 오는 길인가 보지?"

아빠가 말했다.

"데이브, 이제야 소식을 들었어. 황급히 달려왔네."

게이블 아저씨가 아빠를 감싸 안았다. 곰같이 큰 아저씨의 품에 안기니 아빠가 더 작아 보였다. 아저씨는 마침내 아빠를 놓아주더니, 주머니에서 손수건을 꺼내 코를 횡 풀고 눈가를 닦았다.

"쇼를 좀 해야겠어."

아저씨가 말했다.

"자네가 돈을 좀 벌 수 있게 가격을 최대로 올려서."

"자네가 목돈을 좀 만지겠군."

"아냐, 데이브. 난 안 챙겨. 그냥 액자 값만 받을 거야."

"게이블!"

요번엔 아빠가 뒤적뒤적 손수건을 찾았다.

낸 할머니와 나는 게이블 아저씨를 헛간으로 데리고 갔다.

"세상에."

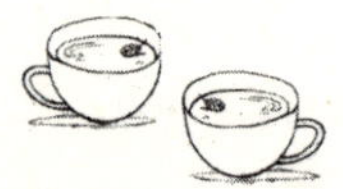

관을 본 아저씨의 눈이 휘둥그레졌다.

"정말 멋지군요. 데이브가 정말로 여기 눕겠대요?"

"네."

내가 대답했다.

"원래 그러는 거잖아요. 아빠가 그러려고 그런 거예요."

"죽음을 맞이하기 위해."

할머니가 말했다.

"죽음을 준비하기 위해!"

게이블 아저씨가 낡은 상자의 먼지를 털고는 바지가 구겨지지 않도록 가랑이를 걷어 올리며 앉았다.

"얼마 남지 않았나요?"

아저씨가 물었다.

낸 할머니가 다른 상자를 끌어당겨 앉았다. 나는 탁구대에 기대섰다. 나는 이제 이쪽 관련 말들은 줄줄 외울 정도였다. 그간 내 어휘는 엄청나게 늘었다. '2차 종양'과 '전이' 같은 말까지 아니까. 나는 학교에서 인체에 대해 배울 때는 전혀 생각도 못해 봤던 인체의 여러 부분들, 즉 림프샘이나 췌장 따위도 안다. 물론 무엇보다도 폐에 대해 잘 알고 있다.

"병원에선 화학 요법을 중단했다우."

할머니가 말했다.

"해도 별 효과가 없으니까. 모르핀을 쓰기 시작했지요. 데이브는 집에서 임종을 맞고 싶어 해요. 마리화나가 웬만큼 도움이 되지요. 구토가 안 나게 하고 식욕을 돋워 주거든. 다른 약들도 써 보면 좀 효과가 있을 거라고 하던데……."

게이블 아저씨가 민감한 눈길로 나를 보며 머리를 내 쪽으로 기울였다.

"전 듣고 싶은 건 다 들어도 돼요."

내가 말했다.

"협정을 맺었거든요."

"참으로 독특해. 과연 데이브다워."

아저씨가 중얼거렸다. 그러고는 할머니를 보며 말했다.

"알아들었습니다. 그러니까, 지금 헤로인 말씀이신 거지요?"

할머니는 고개를 끄덕였다.

"그게 아주 효과적이라는 소문을 들었다우."

"뭐든 구할 수 있긴 합니다."

게이블 아저씨가 얼굴을 찌푸리며 말했다.

"그런데 값이 만만치 않을 거예요."

"돈이라면 있어요."

할머니가 급히 손을 저으며 말했다.

"내가 집을 팔았거든. 나는 배저의 아파트에서 아주 잘 지내

고 있어요. 그리고 이 모든 게 끝나면, 우리는 요가 스승을 만나러 인도에 갈 작정이라우."

"배저라뇨?"

"배저는 할머니의 연인이에요."

내가 심술궂게 말했다. 연인이란 말은 내가 요새 배운 말이다. 남자 친구보다는 훨씬 품위가 있고, 남편보다는 좀 임시적인 말로 들린다. 나는 헤로인에 대한 이 모든 얘기가 정말 싫었다. 학교에서 헤로인에 대해 들었기 때문이다. 헤로인에 중독되어 벗어날 수 없었던 어린 여자 애의 일기가 있는데, 반 전체가 돌려 가며 읽었다. 헤로인을 끊으면 몸이 아플 수도 있다. 땀이 나고 가렵고 이가 빠진다. 또 다른 문제도 있다. 헤로인은 불법이기 때문에 그것을 쓰면 감옥에 갈 수도 있다. 또 꼭 주사로 맞아야 한다. 정맥을 찾을 수 없으면 눈알에 맞아야 하는 일도 생긴다.

"오, 그렇군요."

게이블 아저씨가 자리에서 일어났다.

"무슨 일이 생기면 꼭 연락해 주세요. 약이 떨어지거나 하면요."

"고맙구려."

할머니가 말했다.

"계속 상황을 알려 주지요."

"나라면, 이런 이야기는 학교에서 한 마디도 안 할 거야."

아저씨가 내게 말했다.

"저도 안 해요."

내가 굳은살을 떼며 말했다.

"협정을 맺었거든요."

"그래, 그래야지."

학교에서 하지 말아야 할 이야기는 너무 많았다. 마약은 그 중 하나에 불과했다. 나는 암이란 말은 입도 뻥긋하지 않았다. 2차 종양이니 전이, 췌장 같은 말도 하지 않았고, 고통이란 말도 입에 담지 않았고, 죽는다는 말도 하지 않았다. 시사 프로그램에서 요즘 토론 중인 안락사 문제에 대해서도 입을 열지 않았다. 나는 엄마가 날마다 일하러 가는 것에 대해서도 말하지 않았다. 왜냐하면 엄마가 자기는 일을 통해서 삶에 대해 균형 있는 시각을 갖게 되며, 나도 그런 이유로 학교에 가야 하는 거라고 말했기 때문이다. 세상 모든 사람이 죽어 가고 있는 건 아니라는 걸 배우기 위해서, 이 세상 모든 사람이 합법적이든 아니든 고통과 진통, 죽음 같은 것들에 대해서만 생각하고 말하고 있는 건 아니라는 걸 배우기 위해서 말이다.

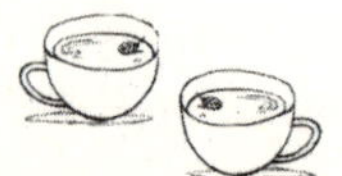

아빠가, 이제는 매일 들르는 보우디 아저씨에게 마약을 좀 더 많이 복용해야겠다는 생각을 슬쩍 흘렸다.

"난 헤로인은 한 번도 안 써 봤어."

보우디 아저씨가 말했다.

"진짜 겁나잖아, 이 친구야. 하지만 데이브, 내가 자네 입장이라면 해 볼 수도 있을 것 같아."

"난 그저 전시회에 방해가 안 되기만 바랄 뿐이야."

아빠가 말했다.

"공연히 전시회를 망치는 일이 생기면 안 되잖아. 게이블이 조건을 아주 후하게 해 줬어. 웬만큼 팔리면 레타는 그 거지 같은 일을 더 이상 하지 않아도 돼."

"난 지금도 꼭 일할 필요는 없어."

엄마가 말했다.

"내가 원해서 하는 것뿐이야, 데이브. 알고 보니 내가 그 일을 아주 좋아하더라고. 일하다 보니 돈을 귀하게 여겨야 한다는 것도 알게 되었고."

엄마는 보우디 아저씨 쪽을 바라보았다.

"퀸 빅토리아 호텔은 국제적으로도 일류 호텔이에요. 비스트로에서 룸서비스와 아침을 제공하지요. 다양한 고객들을 통해 어렴풋이나마 세계를 느낄 수 있답니다. 미주리 주에서는 어제 눈이 내렸어요. 상상이 가요? 그곳엔 눈이 내리고, 그 사업가는 자기 가족에게 전화를 걸었지요. 그리고 목장은, 아아, 그가 소유한 목장은 눈으로 덮여 있었고요."

"와아, 굉장하군요."

보우디 아저씨가 손부채를 팔락였다.

"함께 여행을 했으면 좋았을 텐데, 레타."

아빠가 말했다.

"당신과 함께 파리에 가고 싶었는데."

둘은 식탁 위로 손을 맞잡았다.

그게 바로 요즘 나누는 대화였다. 희망과, 꿈과, 죽음 사이를 넘나드는 것. 잠깐 동안은 우리가 마치 텔레비전 토론회에 와 있는 것 같기도 했다. 진통제로 마약을 쓰는 게 옳은지에 대한 찬반론을 냉정하게 토론하는. 왜 의료계는 그토록 비겁한 걸까? 또 정부는 왜 그렇게 무능하게, 돈세탁을 일삼는 끔찍한 범죄 조직 두목들이 뒷골목에서 마약 거래하는 것을 내버려 두고, 또한 풋내기 마약 중개인들이 학교 운동장에서 어린애들을 속여 마약을 맛보게 하는 것을 가만 보고 있는 걸까?

나는 누가 돈을 세탁한다는 생각이 재미있었다. 집에 있는 세탁기가 고장 났을 때처럼, 쓰레기봉투 가득 돈을 담아 빨래방에 가져가는 상상을 했다. 수많은 지폐들이 빨래 건조기에

서 깨끗하고 바삭하게 말라 나타나는 것을. 그런 상상을 끝마칠 무렵 대화는 화제가 바뀌어 엄마와 아빠가 지난 일을 후회하고 이별의 말을 나누는 개인적인 공간으로 들어서곤 했다. 그러고 나면 나는 대화를 마치고 방을 나가 차를 한 잔 탈까, 음악을 틀까, 아니면 아무렇지도 않다는 듯이 그냥 이야기를 계속할까 고민해야 했다.

낸 할머니는 보통 그 문제에 대해 아무렇지도 않은 태도를 보였다. 그러다 가끔 일어나 엄마 아빠를 안고 그냥 서 있기도 했다. 보우디 아저씨는 할머니한테서 가끔 아우라(오라, 영적 기운)가 보인다고 주장했다. 보라색과 푸른색 아우라가 보이는 걸 보니, 할머니는 영적으로 차원이 높은 존재라는 것이다.

"아냐, 아냐."

할머니가 손사래를 쳤다.

"난 모든 것을 너무 늦게 했어. 제대로 하려면 몇 번 더 환생해야 해."

나는 엄마와 아빠를 텔레비전에 나오는 배우처럼 보려고 애쓰기 시작했다. 만약 내가 저들을 전혀 모른다면 이건 그냥 내가 보는 드라마일 뿐이고, 그럼 나는 울지 않고 저들만의 순간들을 그럭저럭 겪어 낼 수도 있을 테니까.

엄마는 내가 너무 빨리 자라고 있다, 부모의 이야기를 엿듣고 늘 끼어들려고 애쓰는 대신 걸 가이드(걸 스카우트와 같은 소녀 단체)에 들든지, 발레나 승마를 배워야 된다고 말했다. 또 제대로 된 가정이라면 내가 끼어들 때와 끼어들지 말아야 할 때가 언젠지 진작 얘기가 있어야 했다고 했다. 그리고 내가 나중에 비싼 정신과 상담을 받으며 이 모든 것을 후회할 거라고 했다.

할머니는 내가 나름대로 자라고 있으며, 성장은 외적인 사건들 뿐 아니라 내적인 의식 등 온갖 것들에 의해 결정되는 거라고 말했다. 또 산업화 이후의 자본주의 사회에서는 삶과 죽음의 순환 고리가 엉망이 되고 있다고 말했다. 할머니는, 산부인과 의사들이 골프를 치러 가려고 아기들을 자궁에서 확 끌어내는 시대에, 우리가 위생적인 죽음 외에 무엇을 기대할 수 있겠느냐고도 했다.

엄마는 내가 엄마의 자궁에서 확 뽑힌 게 아니라고 항변했다. 엄마는 집에서, 그것도 오로지 자연 성분의 근육 이완제만 써서 나를 낳았으며, 때가 되면 아빠 역시 집에서 죽음을 맞이할 수 있도록 준비할 거라고 했다. 아빠는 자신이 아직은 별다른 준비를 하고 있지 않다고, 그저 그럭저럭 생명의 끈을 하루하루 이어 가고 있다고 말했다.

나는 아빠가 전시회를 기다리고 있다는 것을 알고 있었고,

그래서 두려웠다. 전시회는 곧 열릴 것이다. 게이블 아저씨는 벌써 초대장을 인쇄해 놓았다. 그리고 아저씨의 미술관 창고와 우리 집 헛간에서 아빠의 옛 판화들을 찾아 놓았다. 아저씨는 아빠가 날짜를 쓰고 서명하도록 각종 서류를 가져왔다. 또 아빠가 암 선고를 받은 후에 작업한 작품들을 꼼꼼히 살펴보았다. 그게 몇 달 전 일이었던가? 새 작품은 엑스레이처럼 검은색과 흰색으로만 이루어졌다. 아빠가 자기 폐가 그렇다고 말했듯이 온통 그림자들뿐인 작품이었다. 아빠는 나름대로 병의 진행 상황을 표시해 두고 있다고 말했다. 관 두 개만이 아름답고 화려하게 빛났다. 반짝반짝 윤기 나는 표면을 보고 있자 손가락으로 여기저기 만져 보고 싶은 마음이 들었다. 게이블 아저씨는 그 작품을 보고 울었다. 아저씨는 꾸밈없군, 솔직해, 직면하고 있군, 같은 말을 중얼거렸지만, 그 속뜻이 죽음이라는 건 우리 모두 알고 있었다.

전시회 개막식이 하루하루 다가오고 있었다. 그 누구도 그 날이 모든 게 끝나는 때라는 걸 모르는 듯했다. 나는 개막식을 뒤로 늦출 방법을 궁리했다. 폭탄을 설치했다고 신고할까, 비상벨을 누를까? 내가 진짜로 아파 버리는 건 어떨까, 차에 받히는 건? 내가 입원해 있는 동안은 개막식이 열리지 않을 것이다. 어쩔 수 없이 연기해야만 할 것이다. 아빠가 나 없이 전시회를 열지는 않을 테니까.

  낸 할머니가 말했다.

  "결정은 네 몫이 아니란다, 크리시. 아빠 몫도 아닐지 몰라. 이런 것들은 다 때가 정해져 있는 거란다. 태어나는 것처럼 말이야."

  나는 말했다.

  "전, 작별 인사를 어떻게 하는 건지도 몰라요."

  "할 수 있어, 크리시. 해야 할 때가 오면."

  나는 이 모든 게 싫었다. 이런 기다림이 정말 싫기만 했다. 우리는 모두 기다리고 있었다. 전시회의 분주함은 그것을 얼마간 가리는 것에 불과했고, 엄마의 일 역시 그것이 일어나고 있지 않은 척하는 것뿐이었다. 학교는 계속되었다. 비록 지금은 다들 틀림없이 알고 있겠지만. 아무도 수업 시간에 몽상에 빠져 있는 나를 제지하거나, 점심시간에 도서관에 가자고 잡아끌지 않았다.

  나는 아빠가 어서 세상을 떠나기를 바랐다. 그러면 우리는 남은 생을 잘 보낼 수 있을 것 같았다. 동시에 나는 아빠가 죽지 않기를 바랐다. 어느 날 아침 일어났는데, 부엌에서 그날 먹을 첫 약을 삼키는 아빠를 볼 수 없다고 생각하면 견딜 수가 없었다. 아빠의 바스러진 미소와 형형한 눈을 보지 못한다면

우리가 어떻게 살아갈 수 있을까?

엄마는 가끔 내 방으로 와서 함께 자곤 했다. 아니, 잔다기보다는 누워 있었다. 우리는 나직나직 이야기를 하거나 소리 죽여 울며 손을 잡았다. 우리는 그렇게, 내가 엄마 손을 잡거나 엄마가 내 손을 잡은 채로 잠이 들곤 했는데, 깨고 나면 손이 볼 밑에 들어가 있어 놀라기도 했다.

다른 사람들도 죽었다. 『반지의 제왕』을 쓴 J. R. R. 톨킨도 죽었다. 영국의 시인인 W. H. 오든도 죽었다. 스노이 산에서는 열여덟 명이 죽었다. 그들은 모두 노인들이었다. 그 지역의 연금 생활자들이 버스 여행을 하던 중에 사고가 난 것이다. 낸 할머니와 배저 할아버지는 연금 생활자지만 아직 살아 있다. 그러나 아빠는, 마치 암이 피 속으로 들어와 재로 변한 듯이 점점 잿빛으로 바뀌어 가고 있었다.

전시회가 열렸다. 엄마는 아빠가 전시회를 감독하는 걸 돕고 운전도 해 주려고 일주일 휴가를 냈다. 아빠는 갑자기 기운이 넘쳐 보였다. 아빠는 작품에 대해 이야기했다. 한군데 모두 모인 작품을 보니 새롭게 보인다고, 나쁘지 않다고, 그리 나쁘지 않다고.

"시간이 좀 더 있으면 좋았을 텐데."

아빠는 그렇게 말하면서 스케치북과 목탄을 꺼냈다. 어느 날

인가는 내게 리놀륨 판화 만드는 법을 가르쳐 줄 정도로 몸 상태가 좋다고 말했다. 나는 사전에서 '병의 일시적 완화'라는 말을 찾아보고 고개를 갸우뚱했다.

나는 기적과, 기도의 힘과, 디네 성당의 성모 마리아 상 밑에서 깜박거리는 그 작은 촛불들을 생각해 보았다. 나는 촛불을 켜진 않았었지만, 아마 누군가가 했을 것이다. 어쩌면 디가 했을지도 모른다. 이제는 디도 알고 있고, 모두들 알고 있으니까. 어쩌면 디의 엄마가 켰을지도 모른다. 나를 위해 하느님께 기도해 주었을지도 모른다.

"사람들은, 크리시."

전시회가 열리기 전날 밤, 잠자리에서 서로 손을 맞잡았을 때 엄마가 조심스럽게 말했다.

"사람들은 죽기 전에 새로운 기운이 샘솟기도 해. 네가 달리기를 하다가 지쳐서 쓰러질 것 같은데 골인 지점을 보고 도로 기운이 나는 것처럼 말이야. 또 정말 피곤한데도 텔레비전 영화의 마지막 장면을 보려고 안간힘을 쓰다 보면 잠이 싹 달아나고 초롱초롱해질 때가 있지? 마치 네 몸은 미처 몰랐지만, 따로 남겨 두었던 기운을 발견한 것처럼 말이야."

나는 그런 말은 듣고 싶지 않았다. 그래서 갑자기 잠이 쏟아

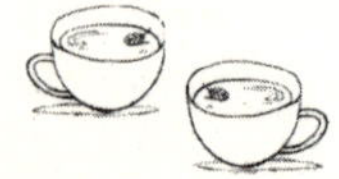

진 것처럼 엄마의 손을 놓아 버렸다.

아빠는 전시회 개막식에 걸어서 들어갔다. 전시회장에 모인 사람들은 모두 박수를 치며 환호했다. 관이나 그 이상한 엑스레이 판화들이 없었다면, 사람들은 아빠가 아프다고 생각하지 않았을지도 모른다. 그냥 아빠가 실제 나이보다 좀 겉늙었거나 아주 피곤한 모양이라고 생각했을지도 모른다.

낸 할머니와 배저 할아버지와 나는 그곳에 잠깐만 들렀다. 모두가 아빠를 정말로 사랑하고 있다는 것을 느낄 정도의 시간만, 또 전시회를 위해 마련한 내 특별 드레스를 자랑할 만큼의 시간만. 외할머니와 배저 할아버지는 나를 이탈리아 어 수강생들과 함께 하는 저녁 식사 자리에 데려갔다. 그곳에서 나는 '미안하지만'을 비롯한 이탈리아 어 표현을 약간 배웠다. 그리고 낸 할머니와 배저 할아버지처럼 포크로 스파게티를 돌돌 말아 먹는 법도 배웠다. 우리는 후식으로 타르투포 아이스크림을 먹었다. 아무 생각 없이 아이스크림에 장식된 체리를 깨물었는데 뜨거운 과즙이 확 나오는 바람에 깜짝 놀라 딸꾹질이 나와서 코를 막고 물을 마셔야 했다.

그날 밤 나는 배저 할아버지 댁의 간이침대에서 잤다. 뭐, 사실은 배저 할아버지와 낸 할머니의 집이었지만. 그곳에 할머니가 사신다는 흔적은 작은 거실에 할머니가 세워 놓은 사진들과 신선한 꽃들뿐이었다. 웨스트엔드 강 옆에 있는 그 아파트의 이웃들은 이상하고 열정적인 음악을 연주했다. 할아버지는 그게 그리스의 전통 악기인 부주키로 연주한 음악이라고 했다. 무지무지 큰 바퀴벌레들이 바깥 나무에서 날아 들어왔지만 낸 할머니는 아무도 그것들을 밟지 못하게 얼른 밖으로 쓸어 내곤 했다. 그리고 벌레들은 정신이 들면 다시 날아 들어왔다.

낸 할머니가 바퀴벌레들은 빛을 보고서 들어오는 거라고 말해 줬지만, 나는 자고 있는 내 몸 위로 바퀴벌레가 앉을까 봐 겁이 나서 머리끝까지 이불을 뒤집어썼다. 나는 푹 잤다. 아빠가 살 거라고 믿었다. 아빠가 병의 일시적 완화 상태라는 것을 알고 있었다. 완화라는 건 좋은 말이었다. 그건 암이 중단되었다는 것을, 암세포들이 아빠의 몸 안에서 더 이상 증식하지 않는다는 것을 뜻했다. 힘들었던 시기는 물러갔으니 이제 아빠에겐 작업을 계속할 시간이 생길 것이다. 한동안은 늙어 보이겠지. 나도 안다. 아빠가 제대로 회복되려면 시간이 걸리리라는 것을. 그렇지만 결국 회복될 것이다.

우리는 어젯밤에 아빠가 술을 마시고 너털웃음을 터뜨리는 것을 보았다. 아빠가 엄마한테 잠깐 기댔던 것은 잊자. 아빠가 저편에 있는 친구를 소리쳐 부를 수 없었던 것도 잊자. 관들이

나란히 놓여 있던 것도 잊자. 오로지 아빠가 스스로 걸어 들어
왔던 것만, 이틀 전에 내 스케치를 리노(리놀륨) 판화로 만들
때 아빠가 도와주었던 것만 기억하자. 아빠가 일주일 동안 날
마다 아침을 먹었던 것을 기억하자.

아빠는 이틀 후에 죽었고,
나는 아빠를 용서할 수 없었다.

우리가 함께 만든 리노 판화는 내 방에 걸려 있다. 그것을 볼 때마다 나는 아빠의 목소리를 들을 수 있다.

"판화를 잘 만들든 못 만들든 시간과 돈은 똑같이 든단다. 그러니 처음부터 너무 거창하게 하지 마라, 크리시."

우리는 내가 〈자연 관찰 일지〉에 그린 개구리를 밑그림으로 했다. 아빠는 내게 라이트 박스 위에 스케치를 놓는 법, 세세한 부분은 생략하고 그림을 간결하게 만들어 마침내 남은 굵은 선 몇 줄만 딱 봐도 개구리로 보이는 법을 가르쳐 주었다. 빠진 건 많아도 말이다.

나는 리노 위에 끈끈한 판화 잉크를 발랐다. 그 판 위에 두

꺼운 젖은 종이를 대고 깨끗한 나무 숟가락 뒷면으로 왼쪽 위
부터 시작해서 종이 전체를 꼼꼼히 문질렀다. 그 다음에 조심
스럽게 종이를 떼어 냈다.

개구리는 그림에서 펄쩍 뛰어나올 것만 같았다. 그걸 보면
때때로 눈물이 쏟아졌다. 아빠는 죽음 속으로 천천히 발을 옮
겼다. 마지막까지 데이브란 존재로 인식할 수 있었던 유일한
부분은 아빠의 눈뿐이었다. 뼈만 남은 얼굴에서 형형하게 빛
나고 있던 푸른 눈.

이제 그 일이 끝나자, 나는 무엇을 해야 할지 몰랐다. 학교
에 가서 기나긴 하루 내내 앉아 있을 수가 없었다. 아이들이
나를 구경하는 걸 견딜 수가 없었다. 그 애들의 아빠는 모두 살
아 있다는 게 견딜 수가 없었다. 여섯 시나 여섯 시 반이면 집
으로 와서 "우리 꼬맹이 어디 있니?"라고 외치고, 사랑에 자글
자글 녹는 표정으로 딸들을 안아 한 바퀴 돌려 주는 아빠들이.

난 화가 끓어올라 학교에 갈 수 없었다. 엄마는 미친 듯이
온 집 안을 쓸고 닦았고, 나는 고개를 푹 숙이고 그 뒤를 따라
다녔다.

"아빠는 전염병에 걸렸던 게 아니야!"

나는 소독약으로 화실을 청소하는 엄마를 보고 소리를 질
렀다.

나는 아빠의 장례식에 참석하지 않았다.

"관을 보고 싶지 않아요."

내가 말했다.

"태울 거잖아, 그 작품. 아빠는 뭐 하러 관에 그림을 그렸담? 뭐 하러 시간을 낭비했느냐고? 뭐 하러 담배를 피웠어? 피우지 말지."

"넌 가야 해."

엄마가 말했다.

"안 그러면 아빠가 죽은 걸 기억 못하게 되잖아. 꽃도 놓아드려야 되고."

"아빠는 꽃이 싫댔어. 꽃 살 돈은 암 연구에 기부해. 이 공책에 다 써 있잖아."

엄마는 내가 내민 공책에 눈길도 주지 않았다.

"마무리를 해야지. 받아들여야 해, 크리시."

"난 안 가요. 억지로 끌고 간다면 모를까."

"그 애는 안 가도 될 것 같아."

할머니가 공책을 치우며 말했다.

"아빠가 죽었다는 것을 기억할 만큼 볼 건 다 봤잖니, 레타."

대신 배저 할아버지가 나를 비디오 게임 상가에 데려갔다. 아빠의 관을 태우고 있는 동안, 나는 초고속 우주 자동차 '스페

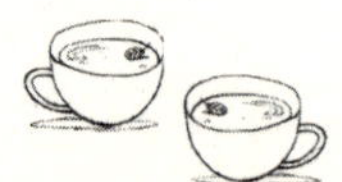

이스 스피드스터'를 타고 외계인 암살자들과 소행성들을 요리조리 피하면서 적들의 영토를 휘저었다. 적을 하나씩 해치울 때마다 마치 내 속의 슬픔 하나를 죽여 버린 듯 순간적인 안도감을 느꼈다. 내 옆에서 보잉기를 몰던 배저 할아버지는 어려운 기상 상황에도 불구하고 비행기를 오헤어 공항에 무사히 착륙시켰다. 할아버지는 그 보잉기가 착륙시키기 가장 어려운 놈이라고 말했다. 고득점자 명단에 이름을 올린 우리는 자리를 바꿨고, 나는 짙은 안개 속에서 최신형 경비행기 세스너를 추락시켰다.

게이블 아저씨는 추모식을 열어야 한다고 말했다. 아빠에겐 아는 사람도, 아빠를 사랑하는 사람도 많으니 그들에게 애도할 권리를 주어야 한다는 것이다. 엄마는 그게 게이블 아저씨의 판매 전략인 것 같다고 했다. 할머니는 판매 전략이든 아니든, 당신은 게이블 아저씨와 뜻이 같으며, 전시장에서 추모식을 하는 게 어떠냐고 제안했다.

나는 전시장에서 추모식을 하고 싶지 않았다. 그러면 엄마의 관이 홀로 있는 걸 봐야 하니까. 그러나 나는 추모식은 바로 그곳에서 열려야 한다는 것도 알고 있었다. 그곳이 아빠가 지금 있는 곳이기 때문이다. 어떻게 해야 할지 몰라 장식장 위에 올려놓은 작은 칠기 유골함에 담긴 그 재들을 제외하면.

“아빠는 추모는 받고 싶어 했어요.”

내가 말했다.

“그러나 애도는 받고 싶지 않다고 했어요. 아빠는 그걸 공책
에 쓰라고 했지만 전 안 썼어요. 아빠와 보우디 아저씨가 그런
말을 했다고요. 그걸 ‘축하연’이라고 부르면서요.”

“그건 좀 지나친 것 같아.”

엄마가 말했다.

“게이블이란 친구에게 비용을 대게 하지.”

배저 할아버지가 차를 따르며 말했다.

“넉넉한 것 같던데.”

“좋은 생각이군요, 배저. 그리고 초대하는 일은 크리시가 맡
으면 되겠어.”

할머니가 말했다.

“학기도 끝나 가는데 구태여 학교에 갈 필요는 없으니까.”

“그거 참 괜찮은 생각이네요.”

그 얘기를 들은 게이블 아저씨의 얼굴이 환해졌다.

“데이브는 어린 크리시를 잘 돌봐 달라고 부탁했지요.”

아저씨는 주름이 주글주글한 손을 아주 잠깐 동안 내 팔에
댔다.

나는 리노 판화로 초대장을 찍을 작정이었다. 나는 둥근 끝
로 만든 굵고 진한 선들을, 잉크가 닿지 못하는 그 깊은 골을
사랑했다. 나는 반대로 생각하는 것의 짜릿함을 사랑했다. 손
대지 않고 놔둔 부분엔 잉크가 달라붙고, 파낸 부분은 하얀색
선이 된다. 그건 무척 재미있었다. 뭘 그릴지 아이디어만 잡힌
다면.

"뭐든 아는 것에서 시작해야 하는 법이야."

나는 아빠의 목소리를 들을 수 있었다. 마치 아빠가 옆에 서
서 스케치북을 넘겨다보고 있는 것처럼…….

"……크리시, 네가 진짜 아는 걸로 해야 해. 이 개구리를, 네
가 봤던 그놈이 네 그림에서 튀어나오는 것을 보여 다오."

내가 뭘 안단 말이야? 아무것도 모르는데.

"네가 그리고 있는 것에 온 정신을 쏟아야 해. 우유가 가득
담긴 저 병처럼 너의 존재감을 느껴야 해. 저 가늘고 푸른 꽃
병만큼 너 자신을 꼿꼿이 해야 해."

엄마와 할머니는 내가 진짜 예술가라도 된다는 듯이 홀로
내버려 두었다. 두 분은 내게 옥수수 튀김과 레모네이드와 사
르사파릴라 뿌리로 만든 음료를 사 주었다. 그리고 아무것도
안 그린 빈 스케치북은 보고 싶지 않다고 말했다. 나는 엄마가
내 방 책장에 쌓아 놓은 아빠의 미술책들을 한 권씩 꺼내 들여

다보았다.

파리가 있었다. 엄마가 전에 보여 준 그림이었다. 이제는 아스라이 멀게만 느껴지는 시절이었다. 그때 우리는 시골에 살았고, 모두 행복했다. 파리는 나와는 아무 상관도 없는 곳이었다. 다른 시간에 속한 사람들이 행복하게 춤추며 뱅글뱅글 돌고 있었다. 피카소의 비둘기와 어린 소년과 서커스 단원들 역시 나와는 아무 관련도 없었다. 그들 중 몇몇은 슬픔으로 여위어 보였지만. 바로 나처럼…….

여자 댄서들, 검은 스타킹과 붉게 빛나는 머리를 한 쇼단의 여자들은 아름다웠다. 갓 목욕을 하고 나온 여자나 아이를 안고 있는 여자들도 아름다웠다. 그러나 그들은 웨이트리스 복장을 한 우리 엄마와는 달라 보였고, 아이들도 나와는 달랐다. 퉁퉁거리고 비딱하고 그늘진 나와는.

"시작할 때는 간결을 원칙으로 해야 해. 핵심만 해. 세세한 것은 신경 쓰지 마. 자잘한 데는 신경 꺼, 크리시. 일본 그림 중에는 단 한 번의 붓질로 끝내는 그림도 있어. 붓을 종이에서 떼는 순간 그림이 완성되어야 하는 거지. 그게 간결성이고, 그게 바로 선(禪, Zen)이야."

어느 날 보우디 아저씨가 찾아왔다. 아저씨는 요즘 낸 할머

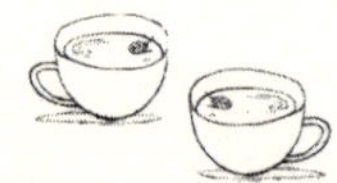

니와 배저 할아버지의 관을 짜고 있었는데, 완성되면 우리 집 헛간에 보관해야 했다. 두 분이 참된 요가 스승을 만나러 인도에 갈 예정이었기 때문이다.

"세 든 사람이 그런 걸 보면 곤란하잖니."

배저 할아버지가 설명했다.

"놀라서 기절할지도 모르고."

"제 친구들도 마찬가지예요."

내가 말했다.

"걔들도 놀라서 기절하면 어떻게 해요?"

그래서 배저 할아버지는 보우디 아저씨에게 관을 보관할 2단짜리 장을 주문했다. 각 단에 미닫이문이 달려 있는 것으로.

"와, 멋지네요. 문제가 단번에 해결됐어요."

"장은 나중에 다른 것을 보관할 때 쓰면 돼."

엄마가 말했다.

"물감이나 원예 도구 같은 거."

"제가 시간 맞춰 다 짜 놓지요."

보우디 아저씨가 말했다.

"나중에 유용할 겁니다. 그 안에 탁구 용품들을 넣어도 되지요."

보우디 아저씨는 조용한 성품이었다. 그래서 나는 아저씨에게 고민을 털어놓기로 했다.

"아저씨, 초대장을 이틀 안에 완성시켜야 하는데, 뭘 그려야 할지 진짜 모르겠어요."

"언저리만 뒤지고 다녔구나, 크리시."

아저씨가 차를 홀짝이며 말했다.

"너무 많은 것을 담고 싶어 했어. 이건 그림일 뿐이잖아. 중요한 건 사람들한테 추모식이 열린다는 것과 언제, 어디로 오면 되는지를 알려 주는 거야. 넌 지금 네 앞에 있는 것을 그리기만 하면 돼. 어, 저건 왜 저러지?"

보우디 아저씨가 보랏빛 부겐빌레아 꽃의 무게 때문에 약간 휜 울타리를 가리켰다. 아니, 어쩌면 부겐빌레아가 울타리를 지탱하고 있는 건지도 모른다. 딱히 단정 짓긴 어려웠다.

아빠가 엄마 팔에 기대 가만가만 전시회장 안으로 걸어오던 장면이 생각났다. 마치 아빠가 결혼식장의 단 쪽으로 엄마를 인도하는 것 같았다. 이제 곧 넘겨주려는 듯이. 혹시 엄마가 아빠를 인도해서 넘겨주려는 것이었을까?

"맞아요. 아저씨 말씀이 맞아요."

내가 말했다.

보우디 아저씨는 살짝 놀란 것 같았다.

"오, 그래. 다행이구나."

나는 둥근 끌로 리노 판을 파내기 시작했다. 울타리 기둥은 우리 것보다 좀 더 무겁고 고르지 못하게 표현했다. 나무의 무늬와 옹이, 결 같은 건 생략하고, 낡아 쓰러져 가는 기둥이라는 것만 확실히 드러나게 했다. 그리고 그것을 진하고 질척한 검은색 잉크로 찍어 냈다. 어떤 것은 번졌고, 어떤 것은 똑바로 나오지 않았지만 상관하지 않았다. 그래도 조심하긴 했다.

그러고는 판을 하나 더 만들어 그 위에 덩굴진 부겐빌레아를 그린 다음 조심스럽게 주위를 파냈다. 판을 완성하고 나니 썩 부겐빌레아 같진 않았다. 외려 과학 소설책 표지의 식물 같아 보였다. 금방이라도 거대한 덫으로 변해서 사람들을 덮칠 것 같은. 그러나 막상 울타리 기둥 위에 찍자 그럭저럭 괜찮아 보였다. 아무리 봐도 식물이 분명했고, 무엇보다 생생했다. 마치 자라고 있는 듯한 느낌마저 들었다.

어쨌든 이것으로 만족해야 했다. 시간이 없었으니까. 게이블 아저씨가 한 장을 달라고 했다. 그 판화를 사진으로 찍어서 주요 중개상과 수집상과 동료들에게 보내야 했던 것이다. 엄마는 비스트로의 친구들에게 주겠다며 여러 장을 원했다. 낸 할머니도 요가와 이탈리아 어 수강생들에게 주겠다고 몇 장을 달라고 했다. 나는 챕맨 선생님에게도 한 장을 보냈다. 그 판화가 잘 나왔느냐 못 나왔느냐는 아무 문제도 아니었다. 중요한 것은 내가 그것을 해 냈다는 것이고, 이제 완성되었다는 것이다.

나는 아빠의 추모식을 즐기게 되리라고는 기대하지 않았다. 그래도 엄마와 낸 할머니, 배저 할아버지와 함께 전시장으로 들어갔다. 아빠의 판화들과 한쪽 벽에 홀로 기대 있는 엄마의 관 때문에 말을 할 수도, 숨을 쉴 수도 없을 정도로 상처 받을 거라 지레짐작하면서. 그런데 막상 전시장에 있는 아빠의 그림들을 보니 마음이 가벼워졌다. 마치 아빠도 거기 있는 것 같았다. 나는 아빠가 기둥 근처나 포도주나 맥주잔을 들고 있는 사람들 뒤에 있는 게 아니라는 걸 스르르 깨달았다. 아빠는 아빠가 만든 그림들 속에 있었다.

어떤 그림들은 다른 사람들의 삶의 일부가 될 테고, 어떤 것들은 엄마와 내가 간직하겠지. 아빠는 다시는 내 방 안으로 걸어 들어오거나 우리를 어루만지거나 우리의 이름을 부르진 못하겠지만, 우리에게 자신의 존재를 남겼다. 거기서 아빠는 바라보고 있었다. 아기 때의 나를 굽어보고 있는 엄마를. 그곳에 우리를 사랑하는 아빠가 있었다. 그곳에 작년에 우리가 춤추는 모습을 그린 아빠가 있었다. 그게 관 위에 있다는 것은 아무 상관없었다. 아빠 자신의 아름다운 관이 재가 되었다는 것도 상관없었다. 아빠가 그림을 그린 관들이 언젠가는 모두 재

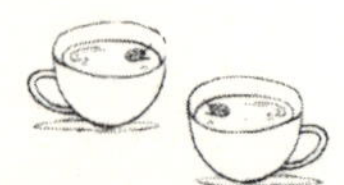

가 되리라는 것도 상관없었다. 중요한 것은 아빠가, 우리에게 아빠의 사랑을 그려 주었다는 점이다. 그건 아빠의 러브레터였다. 아빠는 아프고 죽어 가고 있었지만 그림을 그렸고, 그 덕분에 우리는 늘 아빠의 사랑을 느끼게 될 것이다.

그리고 그 모든 것의 한가운데에, 못생긴 내 작은 울타리, 내 용감한 부겐빌레아가 있었다. 서로를 지탱해 주는 것들이, 게이블 아저씨 덕분에 연한 색 나무 액자 안에 아름답게 간직된 것들이.

게이블 아저씨가 팔을 활짝 벌리고 우리에게 다가왔다. 아저씨는 암말 없이 우리 둘을 껴안았다. 잠깐이 아니라 아주 아주 오랫동안. 내가 내 목덜미에 떨어지는 아저씨의 눈물을 느낄 때까지.

곧 모든 사람들이 우리를 둘러쌌다. 마치 깜짝 생일 파티에 와 있는 것 같았다. 챕맨 선생님까지 와 있었다. 선생님은 나를 푸근하게 껴안아 주었다. 예전의 탁한 담배 냄새 대신 신선한 비누 향이 풍겼다. 선생님이 크리스마스 전에 담배를 끊었는지 궁금했지만, 나는 물어볼 틈도 없었다. 선생님이 부인에게 나를 소개시켜 주었기 때문이다. 그분 역시 나를 껴안아 주었고, 곧이어 내가 알지도 못하는 사람들이 주위로 몰려와 나를 잠깐씩 잡고 부겐빌레아를 보내 줘서 고맙다고 했다.

보우디 아저씨가 내게 샴페인을 주었다. 나는 그것을 단숨에 들이켰다. 거품이 내 코에 올라앉았다. 나는 작은 팬케이크 같은 것 위에 얹은 연어도 조금 맛보았다. 연기로 그을린 눈물 같은 맛이 났다.

엄마를 바라보았다. 엄마는 젊어 보였다. 몇 달 만이었다. 낸 할머니와 배저 할아버지가 엄마의 양옆에 서 있었다. 마치 엄마가 쓰러지면 잡으려는 것 같았다. 나는 그분들께 엄마는 그러지 않을 거라고, 이제 우린 그러지 않을 거라고 말하고 싶었다. 우리는 괜찮다고, 아빠가 우리와 함께 있으니 괜찮다고. 그건 맞는 말이기도 하고, 또 아니기도 했다. 우리는 괜찮았다……. 그러나 늘 그런 건 아니었다. 하지만, 사는 게 다 그렇지 않을까?

나는 내 부겐빌레아를 집에 가져왔지만 벽에 걸지는 않았다. 그것을 가져온 것은 게이블 아저씨가 곱게 싸서 내게 억지로 안겨 주었기 때문이었다. 또 예술가라면 그것을 받아들여야 한다는 걸 알았기 때문이고. 그리고 나도 나름 예술가라서 아빠라면 했었을 것을 나도 할 정도는 되었다고 생각하고 싶었다. 그렇다고 내가 꼭 그것을 벽에 걸어야 한다는 의미는 아니었다. 나는 내 방 벽에 팝 가수들의 사진들과, 물보라를 일으키며 대양을 달리는 하얀 말과, 내가 좋아하는 노래와 시 들

을 깔끔한 글씨로 써서 붙여 놓았다. 부겐빌레아와 울타리를
붙여 놓을 필요는 없었다. 내가 그들의 일부이며, 그것들이 나
의 일부니까. 나는 이제 사랑과 죽음에 대한 모든 것을 알고
있다. 내가 알아야 할 모든 것을.

살며, 사랑하며, 배우며

화장하는 것을 본 적이 있어요. 판 위에 곱게 뉘인 시신이 화장용 소각로에 들어갔다가 나오면 사람 모양으로 폭 가라앉은 재가 됩니다. 그것을 보면서 이제 정말 영혼이 떠났구나, 우리 몸은 영혼이 깃들어 살던 집이었구나, 라는 생각을 했어요. 죽음이란 영혼이 어떤 사건을 통해 그 집을 떠나 하늘나라에 잠시 머물러 가는 것은 아닐까요? 다른 집을 찾아가 또다시 성장하기 위해서 말이지요. 그러나 이것은 내 머릿속의 생각일 뿐. 사랑하는 누군가가 실제로 죽는다면 가슴은 고통으로 미어지겠지요. 크리시가 이삐기 암에 걸린 사실을 알게 되고, 죽어 가는 아빠를 지켜보며 혼란을 겪듯이. 그리고 아빠가 죽었다는 사실을 원망하고 장례식에 가기를 거부하듯이 말이에요.

아빠는 장례식에 꽃이 필요 없다고 합니다. 크리시는 꽃 없는 장례식은 꽃 없는 결혼식과 같다고 생각하는데 말이지요.

아빠는 누구나 굴을 먹어야 할 때가 있다며 굴을 사 주고, 크리시는 물크덩거리는 굴을 억지로 삼키며 아빠와의 데이트를 즐깁니다. 아빠는 자신과 엄마의 관을 미리 마련하고 거기에 그림을 그리지요. 크리시는 관에 그려진 그림에 감동받지만, 친구가 그 관을 보지 않길 바랍니다. 아빠는 고통을 이기기 위해 마약을 복용하지만, 크리시는 학교에서 헤로인에 중독된 여자 애의 일기를 읽습니다.

도무지 혼란스럽기만 하던 죽음을 준비하는 그 과정. 그리고 전시회를 열고, 돌아올 수 없는 곳으로 가 버린 아빠. 마지막까지 희망을 놓지 않던 크리시는 아빠의 죽음에 배신감을 느끼고 장례식에 가는 대신 배저 할아버지와 게임을 합니다. 사랑하는 사람의 죽음을 받아들일 수 없었기 때문이지요.

그러나 아빠가 죽음을 준비하는 과정을 함께했던 크리시는 아빠가 애도는 원치 않았으나 추모는 받고 싶어 했다는 것을 알고 있었기에 아빠에게 배운 리노 판화로 아빠의 추모식 초대장을 만들게 됩니다. 그러면서 깨닫게 되지요. 사랑을 깃들여 이 순간을 사는 것이 중요하다는 것을. 아빠는 죽어 가면서도 온 정성을 다해 관에 그림을 그렸고, 바로 그 사랑을 전해 주었다는 것을. 아빠의 몸은 사라졌지만 아빠와 함께했던 날들, 그리고 아빠가 남긴 그림들은 여전히 마음속에 남아 크리시와 엄마를 지탱해 주겠지요.

크리시 가족이 죽음을 대하는 과정은 독특합니다. 미리부터 관을 준비하질 않나, 거기에 그림을 그리질 않나. 아직 어린 크리시와 아빠의 죽음과 관련된 모든 이야기를 나누질 않나……. 하지만 누구나 한 번은 죽는다면, 그리고 그것이 언제 올지 알 수 없는 것이라면, 우리는 그것을 받아들이는 법도 배

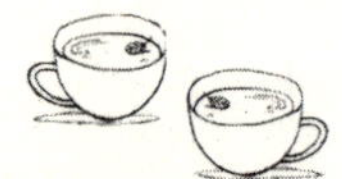

워야 하지 않을까요? 삶이 하나씩 떠나가는 것을 보면서도 온 사랑을 깃들여 가족에게 사랑을 남긴 크리시의 아빠처럼. 울며 원망하는 대신 남편의 손을 꼭 잡고 함께 있는 시간을 소중히 하게 된 크리시의 엄마처럼. 그리고 모든 것을 깃털처럼 가볍게 받아들이는 할머니처럼. 또 슬픔의 시간들을 빛나는 행복으로 기억하게 된 크리시처럼 말입니다.

2008년 1월

서남희

아침이슬 청소년 * 010

아빠의 러브레터
눈부시게 찬란한 슬픔에게

첫판 1쇄 펴낸날 · 2008년 1월 25일
첫판 2쇄 펴낸날 · 2012년 9월 17일

지은이 · 캐서린 베이트슨
옮긴이 · 서남희
펴낸이 · 박성규

펴낸곳 · 도서출판 아침이슬
등록 · 1999년 1월 9일(제10-1699호)
주소 · 서울시 은평구 신사동 25-6(122-882)
전화 · 02) 332-6106
팩스 · 02) 322-1740
이메일 · 21cmdew@hanmail.net

ISBN · 978-89-88996-81-2 44890
ISBN · 978-89-88996-58-4 (세트)

책값은 뒤표지에 있습니다.

♡ Love Letter